作者简介

靳　欣，女，笔名尽心，法名慧心。祖籍北京，1972年生在北京，汉族。曾经任职北京海关十余年，辞职。北京师范大学文学博士，师从赵仁珪先生；南开大学博士后，师从叶嘉莹先生。加入中国作家协会二十余年。长期从事弘扬传统诗词文化的公益事务。编著各类书籍80余种。曾任第八、九届北京市青联委员。

诗词 创作 书坊

004

诗词格律浅浅说

靳 欣 著

中国书籍出版社
China Book Press

图书在版编目（CIP）数据

诗词格律浅浅说 / 靳欣著. -- 北京：中国书籍出版社，
2020.11
　ISBN 978-7-5068-8063-3

　Ⅰ. ①诗⋯ Ⅱ. ①靳⋯ Ⅲ. ①格律诗－诗歌研究－中
国 Ⅳ. ①I207.21

　中国版本图书馆CIP数据核字（2020）第210602号

诗词格律浅浅说

靳　欣　著

书坊策划	师　之
责任编辑	吴化强
责任印制	孙马飞　马　芝
封面设计	东方美迪
出版发行	中国书籍出版社
地　　址	北京市丰台区三路居路97号（邮编：100073）
电　　话	（010）52257143（总编室）　　（010）52257140（发行部）
电子邮箱	eo@chinabp.com.cn
经　　销	全国新华书店
印　　刷	三河市双峰印刷装订有限公司
开　　本	787毫米×1092毫米　1/32
字　　数	220千字
印　　张	5.625
版　　次	2020年11月第1版　2020年11月第1次印刷
书　　号	ISBN 978-7-5068-8063-3
定　　价	39.00元

版权所有　翻印必究

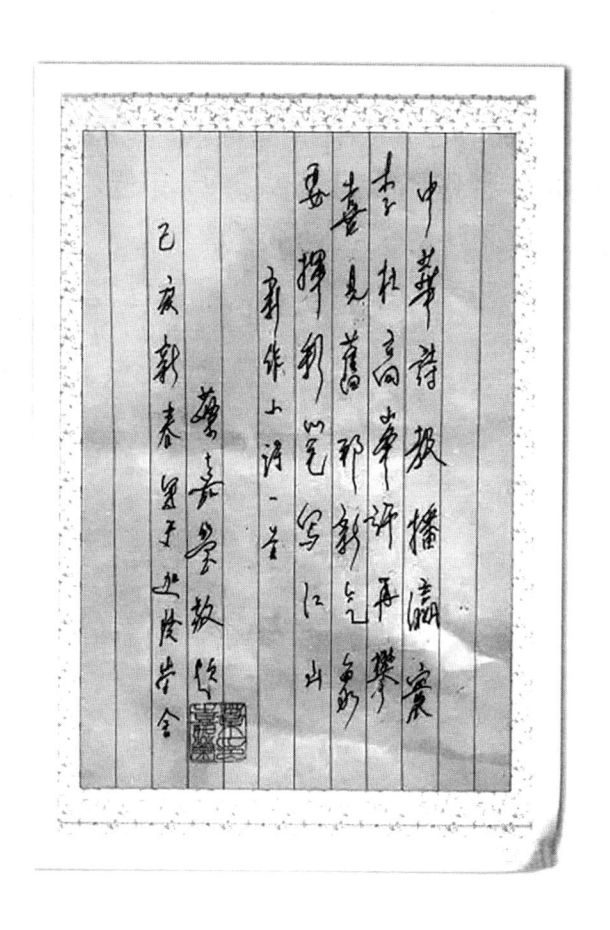

中华诗教播瀛寰,李杜高峰许再攀。
已见旧邦新气象,要挥彩笔写江山。

——葉嘉莹《为中宣部"学习强国"学习平台题诗》

吟诵,是学习中国旧诗最好的方法,很高兴看到你教诗有成。后有传人,是我们做老师的最大的欣慰。

九五老人 叶嘉莹

写于卧床六个月病中

2019 年 10 月 17 日

说明:

我给叶先生写信,说到教诗的事情,说到那位曾经带到先生家中学诗的李伟现在吟诵很不错。叶先生便以为我是以吟诵的方式教诗,其实对于吟诵,我勉强可以指导,却很难示范。要出教诗的书,请叶先生题词,她正在病中,专门请人记录了这段话,嘱我可以打印好请她签名。

作者补记

2019 年 10 月 18 日

序

赵仁珪

尽心是我的博士生。她自幼就与诗词结下了不解之缘。她先是阅读、背诵了大量的古典诗词作品，并深深地被它高远的意境、悠扬的音律和精美的语言所打动。喜欢读，继而喜欢写。从少年到青年时代，她逐渐进入到创作天地，写下了很多清新优美的诗篇，成为上世纪末蜚声诗坛的青年诗人。进入本世纪后不久，她考入北京师范大学文学院专攻古典诗词，取得了文学博士的学位，之后又师从叶嘉莹先生，完成了博士后学业。从此诗词的教学、写作和研究就成为她的终身事业，并融为她生命的一部分。

近年来，她将历代禅诗的资料整理与禅师本人的法脉行迹考据作为自己的一个主要任务。大乘佛教的最高境界不但要"自悟"，而且要"度人"，尽心便把这佛教的"发心"推广到传统文化的普及上，因此又为自己的诗词事业开辟了一个新天地——主动地、不计任何报酬地教授诗词创作。她本名"靳欣"，以"尽心"作为笔名或者别号，乃取孟子"尽其心者知其性也，知其性则知天"之意。别人也都以"尽心"称呼她，确实是名副其实的。她还有个法名叫"慧心"，她以慧心、尽心传承古典诗词，并且以禅入诗、以禅解诗、以禅教诗。

这本《诗词格律浅浅说》便是她近年来从事格律诗词教学的小结。因为它针对的是初学者，甚至是零基础的孩子，所以才命名为"浅浅说"。这本书主要包括了以下几方面内容：一是总结概括诗词格律的基本常识；二是编选符合相应格式的古诗作为范例，并且请书法家书写了毛笔的"字帖"；三是记述了自己的教学心得与经验，并选取了一些初学者的作品和感言体会。

尽心常说，既然是写作格律诗词就一定要遵循格律诗词的"游戏规则"，否则就不能称为格律诗词。她把五、七言格律诗简化为四种律句的排列组合，总共十六种类型，这种abcd、甲乙丙丁的分类简单明了，即使初学者也能一目了然。

然后，每种类型又选取了四首古人的名作，共计六十四首，作为范例。这些范例，她专门请书法家宿悦先生一一书写，让初学者按模脱墼，既学习了写诗，又学习了写字。但在"按模脱墼"的过程中，初学者往往会遇到一些困惑，如某些字按现在的音去读，并不符合格律的平仄要求。如古代的一些入声字（属仄声）现在却分化为平声字；再有某些字古代有平、仄两种读法，如看、叹、论、思等字；还有一些读音发生改变的字，如拥、茗等。尽心劝告初学者一定要接受、尊重古人的习惯，并在自己的阅读和习作过程中逐渐熟悉，不能一蹴而就。而且，她举了很多有趣的例子，如：现在说的"白吃喝，没出息"，都是平声字，但在古代它们都属于仄声的入声字，这就很便于初学者加以辨认和掌握。她在教学中的耐心、亲切、生动在这本书中也有所体现。

有很多零基础的小学生，甚至本来只是陪读的零基础的家长，在经过一段学习后也能写出一些像模像样的诗词。在尽心给我的资料中，我看到很多初学者写下他（她）们学诗的体会。感言中，有人这样写道："能够自己写诗填词，是我在任何时候都从未想到要去做的一件事。但有条不紊地跟着慧心老师的节奏，一步步地坚持走下来，就如学步的婴儿，摇晃磕碰中竟然也学会了踱步，其中的欣喜是无法用言语来完全表达的。"还有人说："无论是圆自己的诗词梦，还是尽自己为人母的言传身教的责任，我感到自己踏上了一条圆梦之路。每当我把自己的作品读给先生和孩子听，听到先生诚恳地描述自己的感受和建议，听到孩子模仿着诗词的韵律节奏回应的童言稚语，我都会由衷地感到温暖，感到幸福！"她的学生中也有自己给学生教诗词的老师，这样写道："因为你的美，我的生活里多了一份美；因为你的爱，让我也学会了博爱；因为你的那颗不索取的心，我也学会了去享受每个当下所获得的报酬。感恩一路前行，这个冬天依旧温暖。"

这些年，尽心在大学课堂授课以及受邀到各地讲座，有着丰富的教学经验。多年前，她为《中国诗词大会》出题并以专家身份录制样片。这些，都让她深感诗词创作的重要性，而用最简单的方法教会初学者写作格律诗词更是她传承的初心。

最后，我只想说，这本《诗词格律浅浅说》是一本老幼咸宜、深入浅出、普及与提高相结合的好书，值得大力推荐。

2019 年 9 月
于北师大土水斋

目 录

题词·· 叶嘉莹 1

序·· 赵仁珪 1

浅说格律

一、平仄与押韵·· 1

二、初学填词·· 3

三、诗词基本常识·· 6

四、五言诗的四种律句······································ 9

五、粘对规则··· 12

六、五绝格式甲··· 16

七、五绝格式乙··· 21

八、五绝格式丙··· 25

九、五绝格式丁··· 29

十、入声字浅说··· 33

十一、七绝格式甲··· 37

十二、七绝格式乙··· 42

十三、七绝格式丙··· 46

十四、七绝格式丁··· 50

十五、说说对仗与对联……………………54
十六、五律格式一…………………………59
十七、五律格式二…………………………65
十八、五律格式三…………………………70
十九、五律格式四…………………………75
二十、关于变体……………………………81
二十一、七律格式一………………………88
二十二、七律格式二………………………93
二十三、七律格式三………………………98
二十四、七律格式四……………………103
二十五、关于填词…………………………109
二十六、再谈押韵…………………………112
二十七、散曲………………………………115

名诗字帖

一、五绝格式甲……………………………18
二、五绝格式乙……………………………22
三、五绝格式丙……………………………27
四、五绝格式丁……………………………30
五、七绝格式甲……………………………40
六、七绝格式乙……………………………44
七、七绝格式丙……………………………47
八、七绝格式丁……………………………51

九、五律格式一 ·············· 60
十、五律格式二 ·············· 66
十一、五律格式三 ············ 71
十二、五律格式四 ············ 76
十三、七律格式一 ············ 89
十四、七律格式二 ············ 94
十五、七律格式三 ············ 99
十六、七律格式四 ············ 104

教诗随笔

一、第一个来贤普堂学诗的美女 ·············· 118
二、出诗集 ············ 124
三、在乐禅居教诗词 ············ 126
四、教孩子们写诗填词 ············ 129
五、教妈妈爸爸们写诗 ············ 134
六、教师父们写诗 ············ 141
七、随缘教诗词 ············ 146
八、学诗"接力" ············ 151
九、可以复制的学习模式 ············ 158
十、关于吟诵 ············ 162

缘起（代后记） ············ 164

浅说格律

一、平仄与押韵

喜欢诗词，只是以欣赏的态度去读，读出了滋味，不考虑去写，很好。还有一种，喜欢写，但是从心所欲地写，不愿意受到束缚，天马行空，这也很好。

就怕既想随心所欲地写，又为了叫作某个词牌，辛辛苦苦按照字数凑，其实即使这么费力，没有按照这个词牌的格式要求（平仄、押韵，乃至对仗），再凑字数也不能叫这个词牌的名字，何苦！或者，明明不知道平仄，辛辛苦苦找词语试图对偶，还得受字数的限制，反正也不是格律诗，较这个劲干嘛？好好说话就行了，又何必偏要作"诗"呢？

概括说，要么不写，要么随心所欲地写，自娱自乐即可，别跟自己较劲。

那么，还有一种，愿意接受诗词的格式要求，愿意学习游戏规则。

愿意接受平仄格律的游戏规则，还可以分为两种，一种是只接受普通话读音，另一种是愿意掌握入声字以及异于普通话读音的字。

先说第一种，不考虑入声字，只接受普通话。普通话的阴平声（一声）和阳平声（二声）一律属于平声，上声（三声）和去声（四声）属于仄声。

第一步，分清平仄。可以自己没事儿遇到什么词都按照平仄读一读，只为熟悉平仄读音。

第二步，押韵，现在我们只找平声（阴平+阳平）的字用来押韵。

熟悉普通话读音，对汉语拼音应该也不陌生。韵母相同或者韵母发音相近的字能找得出来吗？《中华新韵》是按照汉语拼音来划分的，虽然不是所有人都认可，但是初学者可以参考。

实在不行，参考《词林正韵》，只看前14部的平声韵部分。还是自己比划比划为好。

划重点

1. 练习分清平仄（可以先用普通话读音）。
2. 习惯用平声字押韵。

作业

写一首只考虑押韵、不考虑句中平仄格律的诗。

作业要求

1. 每句可以是四个字、五个字、六个字、七个字，写四句。
2. 第一句、第二句、第四句，用平声押韵。

二、初学填词

说了平仄和押韵的事，现在说说填词。

没兴趣写无所谓。有兴趣写，但是不受平仄格律束缚，只要不叫某某词牌也无所谓，"自度长短句"嘛。

还有一类，明确拒绝平仄格律，但是辛辛苦苦按照字数"填词"，然后标明某某词牌。跟他（她）说，某某词牌不长这样，人家说：我就这样叫，你管得着吗？

当然，当然，管不着，人家叫"玉皇大帝"咱也管不着。

接下来，如果有愿意接受游戏规则的，咱一起来玩耍。

据说常用（有些文人填过）的词牌有400多个（还有说800多个的），《白香词谱》收了100个。个人觉得，对于一般爱好者而言，填个十个、八个、二十个玩玩儿也就足够了。

一阕词中，有押平声韵的，有押仄声韵的（部分规定以押入声韵为宜，普通话学诗词的先不碰），还有平声、仄声转韵的。

就字数而言，少到16个字，多到240个字。有单阕的（只有一段），双阕的，三阕的，四阕的。（常用范围内）

咱今天就填一阕押平声韵，只有16个字的。

词谱上有平仄要求，但是有些位置的字是可平可仄的。因为我们尚在熟悉平仄的阶段，所以今天这16个字全都不许通融。

平。（这个字押韵）
仄仄平平仄仄平。（最后一个字押韵）
平平仄，
仄仄仄平平。（最后一个字押韵）

四句，第一句（只有一个字）、第二句、第四句押平声韵。

顺便说一句，毛泽东同志的《山》最后一句"离天三尺三"是陕北口语，没有按照这个词谱填写，但也是律句。

划重点

学习按照词谱填词。

作业

填写一阕《十六字令》。

作业要求

1. 每个字都有平仄要求。
2. 第一、二、四句押平声韵。

三、诗词基本常识

前两节说了平仄，说了押韵，也填了词，这节简单说说诗词的基本常识。

喘口气，别忘把前两天的作业写了。

先说诗的类别。

唐代以后，诗逐渐分为古体诗和今（近）体诗两大类。古体诗又叫古风，是继承汉魏六朝的诗体，长短、平仄和用韵都较为宽松，一般分为五古、七古和杂言诗；今体诗是唐代新兴的诗体，在字数、韵脚、声调、对仗各方面都有许多讲究。我们讲格律，主要是讲今（近）体诗的格律。

其实古风虽然没有近体诗的格律要求，但是非常难写。以后再说。

再说今（近）体诗的划分。注意：今（近）体诗都是押平声韵的啊！

绝句是这样划分的：

五绝（4句，每句5个字，20个字）

七绝（4句，每句7个字，28个字）

律诗是这样划分的：

五律（8句，每句5个字，40个字）
七律（8句，每句7个字，56个字）
排律（8句以上的偶数句，分为五言排律和七言排律）

律诗（排律除外）一般分为首联、颔联、颈联和尾联，每联各两句，上句叫出句，下句叫对句，除了首联和尾联以外，中间的颔、颈两联必须对仗。这里所说的对仗，首先是平仄的对仗，而且要求出句和对句的词性、词义、语法也要形成对偶，就好比夹两副对联在绝句诗的中间。排律除首联、尾联之外，每一联都要求对仗。

学写七律，有的人辛辛苦苦凑八句，56个字，中间的四句话还试图字词对偶，如果平仄格律不对，那实在是白白劳神费力了啊！

再说说词。

一般认为，词在初、盛唐时产生于民间，由于文人的参与，中唐以后开始逐渐流行，也称"曲子词"，配乐而歌。晚唐、五代时期，词的形式趋于成熟，宋代是词的黄金时期。

词作为一种文学创作形式，不再"倚声"（受音乐的限制），但必须按照词谱的平仄、押韵，乃至对仗等要求进行填写。

词牌众多，常用的至少有数百个，没有必要自创。《白香词谱》收录100个（或可以算99个）常用词牌的定式，可以作为填词的工具书。

散曲的创作也必须依照曲谱的要求。

无论词曲，不是数着字数一样就可以啊！

划重点

1. 熟悉诗的分类。
2. 继续了解词的基本常识。

四、五言诗的四种律句

之前说了诗词的分类，说了平仄、押韵，还尝试填了一阕词。

还是先絮叨几句。

有些人以为诗词只要数清楚字数即可，无所谓平仄、格律，可能一辈子不接受有格律这回事。

有的人不知道弹琴需要曲谱，以为只要弄出声音就可以了，并且一辈子不承认有曲谱这回事。不知道也就不知道了，并不影响人家快乐生活。

今天，我们说五言的律句，无论五言还是七言，标准律句只有四种。

以下，我们用小写字母 a、b、c、d 表示五言律句，用—表示平声，用 | 表示仄声。

a　　| | — — |（仄仄平平仄，所谓仄起仄收）
b　　— — | | —（平平仄仄平，所谓平起平收）
c　　— — — | |（平平平仄仄，所谓平起仄收）
d　　| | | — —（仄仄仄平平，所谓仄起平收）

这里要注意一个问题，因为诗句的第一个字一般可平可仄，所以所谓"平起"或"仄起"应以第二个字为准。"平收"、"仄收"指的是句末一字的平仄。

既然只有四种标准律句，那这 abcd 有几种排列组合呢？

我们先说第一个游戏规则，第二句和第四句必须平声字收尾（因为这是押韵的位置啊），第三句必须仄声字收尾。

还有第二个游戏规则，第一句的第二个字、第四个字是平仄（仄平），第二句的第二个字、第四字就必须是仄平（平仄），第三句的第二个字、第四个字要跟第二句的平仄一样，第四句的第二个字、第四字要跟第一句一样。（这其实是粘对，但是粘对的规则我们之后再说。）

哪句当作第一句都可以。

至于"一三五不论，二四六分明"我们也以后再说。

划重点

1. 熟练掌握五言的四种标准律句。
2. 知道"平起"与"仄起";"平收"与"仄收"。

作业

我们按照上述两个游戏规则做排列组合,看看这四种律句能够组合出多少个格式出来。

作业要求

1. abcd 这四种律句在一个组合里可以重复使用。
2. 不要粗心大意,必须符合两个游戏规则。

五、粘对规则

请问，上一节我们的排列组合作业完成得如何？到底排列出几种五言律句的组合方式？

这一节还是就五言而谈，七言的句式留待以后再说。我希望想学诗的朋友能够认真看这一节。

近体诗以押平声韵为主，偶数句要押韵，所以必须平收，也就是要用 b 或者 d 这两种律句；奇数句除第一句既可平收又可仄收（既可入韵也可不入韵）之外，其它句必须仄收，也就是要用 a 或 c 律句。

还记得我们说过"平起"和"仄起"都是就每句的第二个字说的吗？

所谓"粘"就是上一句是平起的句子，下一句还是平起的句子；上一句是仄起的句子，下一句还是仄起的句子。就律诗而言，一般是第三句"粘"第二句，第五句"粘"第四句，第七句"粘"第六句。

具体说就是——

a 粘 d；c 粘 b

若第二、四、六句是 d，那么第三、五、七句就应该是 a。

所谓"对"就是上一句是平起的句子，下一句就是仄起的句子；上一句是仄起的句子，下一句就是平起的句子。就律诗而言，一般是第二句对第一句，第四句对第三句，第六句对第五句，第八句对第七句。

具体说就是——

b 对 a ； d 对 c

若第一、三、五、七句是 a，那么第二、四、六、八句就应该是 b。

如果第一句是句型 d，那么第二句就要句型 b 和它相对。

小结如下：

a 的对句只能是 b
b 的对句只能是 d
c 的对句只能是 d
d 的对句只能是 b

```
第一句 ─┐
        ├─ 对
第二句 ─┘
    粘
第三句 ─┐
        ├─ 对
第四句 ─┘
    粘
第五句 ─┐
        ├─ 对
第六句 ─┘
    粘
第七句 ─┐
        ├─ 对
第八句 ─┘
```

"粘对"是由律句构成诗的规则,当律诗(绝句)的首句确定后,根据"粘""对"规则就可以依次推出以下的律句类型,即使是排律,其连接规则也是固定不变的。

有人把绝句称为"截句",一首五律或七律从中间划条线,"截"成两半之后就变成了两首五绝或七绝;如果把中间两联"截"去,摘除部分和余下部分也都各成绝句。

这一节的内容似乎不适合一眼扫过，至少应该用笔和纸比划比划，才会更清楚。

希望有足够的耐心。

下次我们揭晓上次课的答案，并且通过"粘对"规则组合五绝格式甲。

划重点

1. 如果诗总共八句，有一个成语叫"朝三暮四"，在这里我们改为"粘三对四"以便记忆。

2. 逢对必平，逢粘必仄。也就是偶数句（第二、四、六、八句）必须平收，押韵；而第三句、第五句、第七句必须仄收，不用押韵。

3. 因为第一句既可入韵又可不入韵，所以如果第一句是句型 b，那么第二句就要句型 d 和它相对；如果第一句是 d，第二句则只能是 b。

六、五绝格式甲

上次说了粘对的规则。如果实在没耐心在纸上比划比划，那咱就直接套用格式。管它啥规律不规律的，生搬硬套，也没错！

上上次留了一个作业，四种标准律句，排列组合能够整出几种格式？前提是得符合两个游戏规则。

四种，只有四种，确实只有四种。您，猜对了吗？

我们就给这四种取名字，叫甲乙丙丁。

先说说甲同学。

第一句用了 a 律句，仄仄平平仄，那第二句呢？想一想押韵和粘对的规则，那就只有一种选择。先说五绝，以后再说律诗。

于是，五绝格式甲新鲜出炉。别无选择。

> 五绝格式甲：a b c d
> （首句仄起仄收，首句不入韵）

○| — — |,— — | | —△。
○— — | |,○| | — —△。

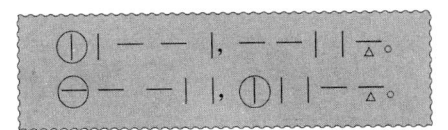

— 表示平声；| 表示仄声

加 ○ 表示可平可仄；△ 表示韵脚。

重要的话说无数遍：所谓"平起"或"仄起"以第二个字为准，下同。

关于入声字的问题，我们以后会说的，要是觉得碍眼就跳过去，但是我们知道格律诗词（以及文中对仗、对联等等）都是使用入声字的。

注意啦

我们不能笼统地说第一个字和第三个字可以不管平仄，只能具体地说。一般而言，五言诗除了"平平仄仄平"这句，第一个字的位置都是可平可仄的。至于第三个字，要慎重。

举几个例子：

众鸟高飞尽，孤云独去闲。
相看两不厌，只有敬亭山。

——李白《独坐敬亭山》

普通话读平声的入声字：独
此处应读平声的平仄两读的字：看
韵脚：闲、山

眾鳥高飛盡孤雲獨去閑相看兩不厭只有敬亭山

白日依山盡黃河入海流欲窮千里目更上一層樓

紅豆生南國春來發幾枝願君多採擷此物最相思

白髮三千丈緣愁似個長不知明鏡裏何處得秋霜

白日依山尽，黄河入海流。
欲穷千里目，更上一层楼。
——王之涣《登鹳雀楼》

普通话读平声的入声字：白、一
韵脚：流、楼

红豆生南国，春来发几枝？
愿君多采撷，此物最相思。
——王维《相思》

普通话读平声的入声字：国、发、撷
韵脚：枝、思

白发三千丈，缘愁似个长？
不知明镜里，何处得秋霜！
——李白《秋浦歌》

普通话读平声的入声字：白、得
韵脚：长（这个多音字不可以读上声啊，记住要押平声韵！）、霜
重要提示：千万别以为"丈"也押韵，平声字与仄声字是绝对不可以混押的！

再看看符合这个格式的几首禅诗。（今读平声的入声字，下面加△提示）

神秀禅师的：
身是菩提树，心如明镜台。
时时勤拂拭，莫使惹尘埃。

神照本如禅师的：
处处逢归路，头头达故乡。
本来成现事，何必待思量。

兴教洪寿禅师的：
扑落非他物，纵横不是尘。
山河及大地，全露法王身。

罗汉和尚的：
宇内为闲客，人中作野僧。
任从他笑我，随处自腾腾。

划重点

1. 熟练掌握四个标准律句。
2. 用粘对规则排列出五绝格式甲。
3. 注意可平可仄的位置。
4. 注意平仄双读的字。

作业

按照"五绝格式甲"的格式写一首五绝。

七、五绝格式乙

上次说的是五绝格式甲,首句是 a,接来只能是 bcd,别无选择。

今天说五绝格式乙,首句是 b,按照我们说过的粘对规则,接下来只能是 d,然后就是 a、b,即 bdab,首句平起平收,首句入韵。这种格式比较少见。

```
五绝格式乙(b d a b)
— — | | ⊿,⊙ | | — △。
⊙ | — — |,⊖ — | | △。
```

统一说明:1. 有些位置可平可仄,自己练习对照。2. 有的字平仄双读,不一一说明了,只是把普通话读平声的入声字加 △ 提示。3. 第三个字并非可平可仄,但可以适当放宽,有些属于拗救的变体,比如第一个字与第三个平仄互换。4. 平平平仄仄变为平平仄平仄,一般作为固定的变体。

北風吹白雲萬里渡河汾心緒逢搖落

秋聲不可聞

花枝出建章鳳管發朝陽借問承恩者

雙蛾幾許長

辭家去咸遏北望隔青煙怕作沙場夢

秋宵不敢眠

江南漾水多顧影逗輕波落日秦雲裏

山高奈若何

北风吹白云,万里渡河汾。
心绪逢摇落,秋声不可闻。

——苏颋《汾上惊秋》

花枝出建章,凤管发昭阳。
借问承恩者,双蛾几许长?

——皇甫冉《婕妤春怨》

辞家出戍边,北望隔青烟。
怕作沙场梦,秋宵不敢眠。

——高翥《戍妇吟二首·其一》

江南渌水多,顾影逗轻波。
落日秦云里,山高奈若何?

——李嘉祐《白鹭》

再举几首禅诗作为例子。
福岩实禅师的:
福岩山上云,舒卷任朝昏。
忽尔落平地,客来难讨门。

宝相元禅师的:
长时诵不停,非义亦非声。
若欲受持者,应须用眼听。

黄龙道震禅师的《临终偈》：
吾年八十三，随顺世言谈。
不落思量句，谁人共我参？

大宁庆璁禅师的：
东山西岭青，雨下却天晴。
更问个中意，鹁鸠生鹞鹰。

作业

按照五绝格式乙的格式写一首五绝。

八、五绝格式丙

有人问我：我不想按照格律写，那样影响我感情的发挥，我想随心所欲地写，可以吗？

当然可以啊！你想怎么写就怎么写，只是与诗词无关而已。

学格律诗词的写作，无非玩一个文字游戏。不玩，照样过幸福生活。

还有一种，自己不想写，但是想欣赏古人的作品，而且是在弄懂格律的前提下欣赏。那您可就必须得明白入声字了。这个过几天说。

还有一种，自己既不想按照格律写，对古人（或者今人写的）的诗词格律也没兴趣，就读读诗词，感觉挺好的，那结个缘也不错啊。

跟着感觉走。别勉强自己。

今天说五绝格式丙。也就是把 c 律句放在首句，根据游戏规则，接下来别无选择，就是 d a b。这是首句平起仄收，首句不入韵的格式。第二、第四句要押韵。

```
五绝格式丙（c d a b）
⊖ — — | |,① | |  — △。
① | — —  |,— —  | |  — △。
```

看看范例：

游人五陵去，宝剑值千金。
分手脱相赠，平生一片心。

——孟浩然《送朱大入秦》

沅湘流不尽，屈子怨何深！
日暮秋风起，萧萧枫树林。

——戴叔伦《过三闾庙》

林中观易罢，溪上对鸥闲。
楚俗饶词客，何人最往还？

——韦应物《答李瀚》

避贤初罢相，乐圣且衔杯。
为问门前客，今朝几个来？

——李适之《罢相作》

再选几首这个格式的禅诗。

遊人五陵去 寶劍值千金 分手脫相贈 平生一片心

沅湘流不盡 屈子怨何深 日暮秋風起 蕭蕭楓樹林

林中觀易罷 谿上對鷗閒 楚俗饒詞客 何人宵往還

避賢初罷相 樂聖且銜杯 為問門前客 今朝幾個來

愚丘正宗禅师的《江都燕》：
荒城春色里，花溅泪潺湲。
社燕归无屋，营巢寄客船。

守璋法师的《晚春》：
草深烟景重，林茂夕阳微。
不雨花犹落，无风絮自飞。

宝寿行德禅师的：
新冬新宝寿，言是旧时言。
若会西来意，波斯上舶船。

元丰清满禅师的：
饥餐松柏叶，渴饮涧中泉。
看罢青青竹，和衣自在眠。

作业：

按照五绝格式丙的格式写一首五绝。

九、五绝格式丁

现在该说第四种五绝格式了，丁，也就是标准律句的 d 放在第一句，根据之前讲的粘对规则，接来只能是：b c d

这种格式也称为首句仄起平收，首句要求入韵的。也就是第一句、第二句、第四句必须押平声韵。

```
五绝格式丁（d b c d）
⊙｜｜— —△，— —｜｜—△。
⊖ — —｜｜，⊙｜｜—△。
```

落日五湖游，烟波处处愁。
沉浮千古事，谁与问东流？
　　　　　　——薛莹《秋日湖上》

寥落古行宫，宫花寂寞红。
白头宫女在，闲坐说玄宗。
　　　　　　——元稹《行宫》

落日五湖遊，煙波處處愁，沈浮千古事，誰與問東流。

寥落古行宮，宮花寂寞紅，白頭宮女在，閒坐說玄宗。

林暗草驚風，將軍夜引弓，平明尋白羽，沒在石棱中。

打起黃鶯兒，莫教枝上啼，啼時驚妾夢，不得到遼西。

林暗草惊风,将军夜引弓。
平明寻白羽,没在石棱中。
——卢纶《塞下曲》

打起黄莺儿,莫教枝上啼。
啼时惊妾梦,不得到辽西。
——金昌绪《春怨/伊州歌》

再选几首禅诗作为范例。

秦国夫人计氏的:
逐日看经文,如逢旧识人。
莫言频有碍,一举一回新。

景淳法师的:
后夜客来稀,幽斋独掩扉。
月中无事立,草际一萤飞。

神鼎洪諲禅师的:
一步一登临,无非般若心。
逢人只么道,终不误他人。

夹山自龄禅师的：
月里走金乌，谁云一物无？
赵州东壁上，挂个大葫芦。

作业：

按照五绝格式丁的格式创作五绝一首。

十、入声字浅说

五绝的四种格式也说完了。有没有人按照格式认真写了四首五绝？有没有人没弄明白粘对的规则？

哪怕之前之后您都按照普通话的读音去填写也没关系。

熟悉了格律，渐渐会发现，明明那是个仄声字的位置，为什么普通话这个字读平声呢？因为，那大多数可能是个入声字。

什么是入声字呢？

我没有去百度查阅任何概念。说说自己的感觉吧。

有四个班，分别叫天、子、圣、哲，那时候，只有"天"班对外称为"平"班，"子"班、"圣"班、"哲"班一律归入一个大集体，对外统称"仄"班。

后来，玩另外一个游戏，要求把"哲"班拆散，把班里的同学分配到另外三个班里。于是，拆班、重新分班，"天"班、"子"班、"圣"班的人都没有动，就是加进来一些新同学。但是这些新同学跟别人长得有些不一样，大家都知道哪些是"哲"班拆班之后转过来的。

"哲"班不存在了，现在变成三个班了。但是"天"班的人数太多了，于是，这个班自然而然被分成了两个班。好！现在还是四个班。前两个班统一叫"平"班，后两个班统一叫"仄"班。

写诗填词，四个音——平上去入；普通话（其实元代的中原音韵也这样的）也是四个音——阴平、阳平、上声、去声。

入派三声、平分阴阳。入声被拆散，分派到其它平、上、去三声里了，平声被分成了阴平和阳平。

还是四个音，此四音非彼四音。还是四个班，每个班里的面孔有些变化。

中原音韵是元代确立的，其中的十三辙是写北曲押韵的依据，这套体系里面已经没有入声字了。但是元、明、清，直到现当代，只要写诗填词，大家一定会把入声字作为仄声来用的。

今天，受教育很普遍，基本上上过学的都会按照普通话读音识字，也基本上都会汉语拼音。好像"入声字"是个遥远的，甚至是拒绝接受的概念。除了北方几个省份，谁都会读入声字音，但是却不知道明确区分哪些是入声字。北方那几个省的人，没办法读入声字的音，只能硬背或者靠多读诗词去熟知。

我祖祖辈辈是北京人，不会入声字的读音，但是对于常见的那些分入"天"班的"哲"同学还是可以识别的。

入声字，班上与众不同的那些同学，您认出来了吗？

有些人说语音演变了，国语（普通话）没有入声了，应该如何如何。其实古代人也有很多无法从方言识别入声的（不靠口耳相传，靠读书识字），而且元代的中原音韵也没有入声，但是读书人写诗填词没有把入声字作为平声的。

为了学习方便，可以退一步，不考虑入声字，咱就按照普通话写，"新声新韵"毕竟也是很多人认可的。但是，咱就做到一点行不行？既然按照普通话写，那就完全按照普通话写，别再提起入声字这回事，别一首诗整两套标准。

再有，您如果不想写，只想读一读古人的诗词，对不起，那您就必须熟悉入声字了，要不然会音韵全乱，无美感可言。

再多说一句，平声字只能跟平声字押韵，上声字和去声字可以通押（除非有特殊规定），入声字必须跟入声字押韵。

除了入声字与普通话读音有些不同之外，还要注意的是有些字平仄音双读，有些字的读音已经改变了平仄。这些字在网上都有列表，这里不罗列的原因是初学者很难一下子背下来，而且很难在实践中熟练应用。我的意见是多读古代的格律诗，注意核对平仄格律，不懂的地方及时查阅或者请教。

划重点

1. 弄明白"入派三声、平分阴阳"是咋回事。
2. 练习辨认入声字。

十一、七绝格式甲

在说五绝四种格式之前说过五言的四种律句，叫 abcd，现在说七言的四种律句，一一对应，叫 ABCD。

无论五言还是七言，律句只有四种。所谓平起、仄起是就第二字而言。七言律句就是在五言律句前面加两个字。五言第二个字是仄，七言第二个字就是平，反之亦然。

以下，小写字母表示五言，大写字母表示七言。一表示平声，|表示仄声。

   a | | — — |（仄起仄收）
   A — — | | — — |（平起仄收）

   b   — — | | —（平起平收）
   B | | — — | | —（仄起平收）

   c   — — — | |（平起仄收）
   C | | — — — | |（仄起仄收）

```
d      | | | — —（仄起平收）
D    — — | | — —（平起平收）
```

说了五绝的四种格式,现在说七绝的四种格式。也是按照前面说过的粘对规则进行排列组合。

至于可平可仄的位置,绝非"一三五不论"那么简单。七言,第一个字可以不论平仄;第三个字除"| | — — | | —"这句之外可以不论;第五个字必须要论。

先说第一种。

七绝格式甲:A B C D

（首句平起仄收,首句不入韵）

⊖ — ⊙ | — — |,⊙ | ⊖ — | | —。
⊙ | ⊖ — — | |,⊖ — ⊙ | | — —。

举例说明:

律回岁晚冰霜少,春到人间草木知。
便觉眼前生意满,东风吹水绿参差。
　　△
　　　　　　　　——张栻《立春偶成》

雨前初见花间蕊,雨后全无叶底花。
蜂蝶纷纷过墙去,却疑春色在邻家。
　　△
　　　　　　　　——王驾《雨晴》

双双瓦雀行书案,点点杨花入砚池。
闲坐小窗读周易(常见的变体,以后说),
不知春去几多时。
　　　　　　——周敦颐《暮春即事》

水光潋滟晴方好,山色空蒙雨亦奇。
欲把西湖比西子,淡妆浓抹总相宜。
　　　　——苏轼《饮湖上初晴后雨二首·其一》

再以禅诗为例。

虚堂智愚禅师的:
孤筇影落清湘外,看尽归云欲复翔。
身世悠悠心自许,几回到此立斜阳?

枯木法成禅师的:
门前自有千山月,室内都无一点尘。
贝叶若图遮得眼,须知净地亦迷人。

别浦法舟禅师的:
香分雪白家田底,泉煮南山山涧阴。
老齿任从无一个,不曾咬著最恩深。

律回岁晚冰霜少，春到人间草木知。便觉眼前生意满，东风吹水绿参差。

雨前初见花间蕊，雨后全无叶底花。蜂蝶纷纷过墙去，却疑春色在邻家。

双双瓦雀行书案，点点杨花入砚池。闲坐小窗读周易，不知春去几多时。

水光潋滟晴方好，山色空蒙雨亦奇。欲把西湖比西子，淡妆浓抹总相宜。

莲池袾宏禅师的：

赵州八十犹行脚，只为心头未悄然。

及至归来无一事，始知空费草鞋钱。

作业

按照七绝格式甲的格律写七绝一首。

十二、七绝格式乙

前面说的七绝格式甲，现在说七绝格式乙。

不再一遍又一遍重复解说了。想要弄明白，麻烦一期一期完整看下来。不想弄明白，生搬硬套，格式摆在那里，照着填字也无所谓。

今天的游戏内容是七绝格式乙。按照标准律句排列是：B D A B，也就是首句仄起平收，首句入韵。这种格式非常常见。

> 七绝格式乙（B D A B）
> ⊙｜――｜｜△，⊖―⊙｜｜―△。
> ⊖―⊙｜｜――｜，｜｜――｜｜△。

范例如下：

　　云淡风轻近午天，傍花随柳过前川。
　　时人不识余心乐，将谓偷闲学少年。
　　　　　　　　　　——程颢《春日偶成》

胜日寻芳泗水滨,无边光景一时新。
等闲识得东风面,万紫千红总是春。
——朱熹《春日》

爆竹声中一岁除,春风送暖入屠苏。
千门万户曈曈日,总把新桃换旧符。
——王安石《元日》

独上江楼思悄然,月光如水水如天。
同来玩月人何在?风景依稀似去年。
——赵嘏《江楼有感》

李翱为药山惟俨禅师写的:
练得身形似鹤形,千株松下两函经。
我来问道无余说,云在青天水在瓶。

天童正觉禅师的:
黄鹤楼前共语时,白萍红蓼对江湄。
衷肠已诉无人会,唯有清风明月知。

近代演音弘一大师的:
门外风花各自春,空中楼阁画中身。
而今得结烟霞侣,休管人生幻与真。

雲淡風輕近午天，傍花隨柳過前川，時人不識余心樂，將謂偷閒學少年

勝日尋芳泗水濱，無邊光景一時新，等閒識得東風面，萬紫千紅總是春

爆竹聲中一歲除，春風送暖入屠蘇，千門萬戶瞳瞳日，總把新桃換舊符

獸上江樓思悄然，月光如水水如天，同來玩月人何在，風景依稀似去年

古德的：

佛在灵山莫远求，灵山只在汝心头。

人人有个灵山塔，好向灵山塔下修。

作业

按照七绝格式乙的要求写作一首七绝。

十三、七绝格式丙

开门见山,今天就说:

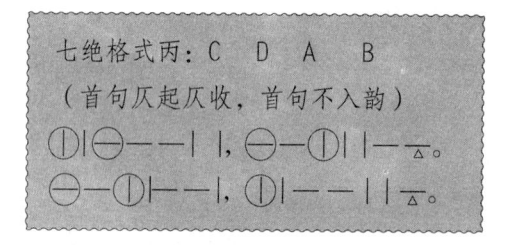

> 七绝格式丙:C D A B
> (首句仄起仄收,首句不入韵)
> ⊙|⊖——||,⊖—⊙||—△。
> ⊖—⊙|——|,⊙|——||—△。

例词:

  两个黄鹂鸣翠柳,一行白鹭上青天。
  窗含西岭千秋雪,门泊东吴万里船。
       ——杜甫《绝句》

  天上碧桃和露种,日边红杏倚云栽。
  芙蓉生在秋江上,不向东风怨未开。
      ——高蟾《下第后上永崇高侍郎》

两個黃鸝鳴翠柳一行白鷺上青天窗含西

嶺千秋雪門泊東吳萬里船

天上碧桃和露種日邊紅杏倚雲栽芙蓉

生在秋江上不向東風怨未開

三月正當三十日風光別我苦吟身共君今夜

不須睡未到曉鐘猶是春

殿上袞衣明日月硯中旗影動龍蛇縱橫

禮樂三千字欹對丹墀日未斜

三月正当三十日，风光别我苦吟身。
共君今夜不须睡，未到晓钟犹是春。
——贾岛《三月晦日赠刘评事／三月晦日送春》

殿上衮衣明日月，砚中旗影动龙蛇。
纵横礼乐三千字，独对丹墀日未斜。
——夏竦《延试》

还是按照这个格式对应几首禅诗。

大慧宗杲禅师的：
桶底脱时大（天）地阔，命根断处碧潭清。
好将一点红炉雪，散作人间照夜灯。

灵云志勤禅师的《悟道诗》：
三十年来寻剑客，几回落叶又抽枝。
自从一见桃花后，直至如今更不疑。

高峰元妙禅师的：
或淡或浓施雨去，半舒半卷逆风来。
为怜途路无栖泊，却把柴扉永夜开。

西禅守净禅师的:

流水下山非有意,片云归洞本无心。

人生若得如云水,铁树开花遍界春。

作业

按照七绝格式丙的格律写作七绝一首。

十四、七绝格式丁

还是开门见山,直接说七绝格式丁,即标准律句D B C D 的排列组合。

有些人说看了这些短文,看不懂。看不懂没关系啊,就照着平仄填字呗。还有人说这实在太难了,其实填字游戏本身不难,是您不肯老老实实填字而已。

这是七绝的第四种格式。

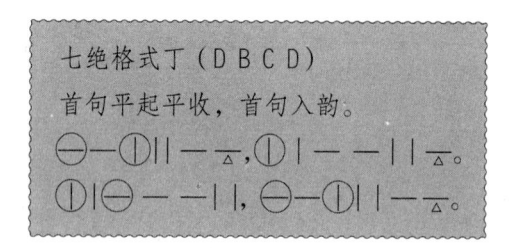

> 七绝格式丁(D B C D)
> 首句平起平收,首句入韵。
> ⊖—⊙∥—△,⊙∣——∥△。
> ⊙∣⊖——∣∣,⊖—⊙∥—△。

例诗:

　　春宵一刻值千金,花有清香月有阴。
　　歌管楼台声细细,秋千院落夜沉沉。

——苏轼《春宵》

春宵一刻值千金，花有清香月有陰，歌管
樓臺聲細細，秋千院落夜沈沈。

詩家清景在新春，綠柳纔黃半未勻，若待
上林花似錦，出門俱是看花人。

金爐香燼漏聲殘，剪剪輕風陣陣寒，春色
惱人眠不得，月移花影上欄杆。

天街小雨潤如酥，草色遙看近卻無，最是
一年春好處，絕勝煙柳滿皇都。

诗家清景在新春,绿柳才黄半未匀。
若待上林花似锦,出门俱是看花人。
——杨巨源《城东早春》

金炉香烬漏声残,剪剪轻风阵阵寒。
春色恼人眠不得,月移花影上栏杆。
——王安石《春夜》

天街小雨润如酥,草色遥看近却无。
最是一年春好处,绝胜烟柳满皇都。
——韩愈《早春呈水部张十八员外二首·其一》

以下再选几首禅诗做范例。

瑞峰神禄禅师的:
萧然独处意沉吟,谁信无弦发妙音。
终日法堂唯静坐,更无人问本来心。

灌溪昌禅师的:
闲来石上玩长松,百衲禅衣破又缝。
今日不忧明日事,生涯只在钵盂中。

金山昙颖禅师的：

小溪庄上掩柴扉，鸡犬无声月色微。
一只小舟临断岸，趁潮来此趁潮归。

了庵清欲禅师的：

闲居无事可评论，一炷清香自得闻。
睡起有茶饥有饭，行看流水坐看云。

作业

按照七绝格式丁的格律写作一首七绝。

十五、说说对仗与对联

首先说明一点，对仗不等于对联。对联是我国广大人民群众喜闻乐见的文学艺术形式，但两个或者更多对仗（或称为对偶）的句子放在一起显然不能算是完整的文学作品。

律诗的颔联和颈联要求对仗，词谱也会规定某些句子对仗，但是那未必是独立的对联。还有曲谱会规定三句、四句、乃至多句对仗，甚至各种别致的要求，那也不是对联。至于合璧对、鼎足对、连璧对、联珠对、隔句对、鸾凤和鸣对等等就不在这里讨论了。这里先说如何写对偶的句子，为下一步写律诗和符合某些填词要求做准备。

具体的词谱有具体的要求。二字句对仗较少，或许因为简单，填词者习惯着使用对偶，就不做特别要求了。三字句、四字句、五字句、六字句、七字句，这些对仗都比较常见。至于五律、七律（包括排律）就是要在规定位置的五字句、七字句必须使用对偶的句式。

说了半天几字句，要说的是对仗的第一个要求，字数必须相等，四个字不能对五个字。蛋糕不能对巧克力。"袁世凯"（上联）对不起"中国人民"（下联），这个楹联只是打趣而已。（具体故事请自查）

第二个要求，句式结构要求一致。比如都是五字句，你不能上句二三句式，下句来个一四句式。每个节奏点都应该是一一相对的。

第三个要求，出句和对句（上联和下联）的平仄必须相对。词谱对于可平可仄的位置有具体要求。至于五律和七律的颔联和颈联，只要符合律句的要求即可。对联非语言节奏点的位置可以适当放宽，但不宜太宽。

第四个要求，每个字或者不可分割的词汇，都必须使用对偶辞格。以上那些要求可以没有任何难度地进行填字游戏，这点最关键。最起码要做到词性相对（一致），词义虚实相对（一致），名词对名词，动词对动词，形容词对形容词，数量词对数量词，代词对代词，虚词对虚词……

第五，要特别注意各种专有名词、人名、地名、书名、成语以及种种特殊用语等，对仗有一定难度。

第六，词语的结构要一致，比如并列结构、偏正结构、主谓结构、动宾结构、动补结构等等。

第七，上联（出句）用了叠字，下联（对句）也要在相同位置用叠字。如果上联（出句）使用了句中自对等格式，下联（对句）也要相应如此。

第八，上下联一般不能使用重复的字词（除非是特殊的巧对），特别是上下联相同的位置不能出现相同的字。（大肚能容，容天下难容之事；开口便笑，笑世间可笑之人。此属特例，"之"字有不同说法。）

第九，还有一些文字游戏用于对仗之中，增加难度。如果出句、对句均系自撰，不建议哗众取宠，特别花哨。

第十，记得律诗的第二、四、六、八句要押平声韵啊！也就是对句必须"平收"。至于对联，一般来讲，上联最末一字是仄声，下联最末一字是平声。

第十一，对面看去，上联在右，下联在左。对联根据具体情况，有的有横批，有的没有横批。（现在有的横批从左向右写，有人认为上下联的位置则随之相反。）

第十二，对联一般可以分为实用性对联（喜联、寿联、挽联等）和装饰性对联（门帘和行业联、室内外装饰联）。春联应用广泛，属于实用性对联。春联相传起于五代后蜀主孟昶。（公元964年），写的是：新年纳余庆，佳节号长春。

这是最最基本的要求和常识，毫无技巧可言。要把诗词的对仗写好，除了天赋灵感，确实要多读作品，经常练习。

以后若干篇，讲五律、七律格式的时候会随附很多例证的，大家注意一下人家的对仗是如何运用的。

对联是形式上对偶、内容有关联的两句话（可长可短），看上去是一件完整的文学作品。虽然对联是否算作真正意义的文学作品一直存有争议，但我们确要以对待完整文学作品的态度来进行创作。

对联又称楹联，因古时多悬挂于楼堂宅殿的楹柱而得名，有偶语、俪辞、联语、门对等通称，以"对联"称之，则开始于明代。它是一种对偶文学，形式上起源于桃符，是利用汉字特征撰写的一种文体，是一字一音的中华语言独特的文化艺术形式。楹联与书法的美妙结合，又成为中华民族绚烂多彩的艺术独创。

对联的规范可以参考对仗的要求，更要注意作品的完整性。

春联举例（此系他书转引，有些宽对）：

1. 五字联：

山水含芳意；春风入画图。

2. 六字联：

旭日临窗送暖；东风拂面报春。

3. 七字联：

辛盘献颂歌元旦；巳日陈诗宴小楼。

4. 八字联：

一代英豪，九州生色；

八方锦绣，四季呈祥。

5. 九字联：

瑞气满神州，青山不老；

春风吹大地，绿水长流。

6. 十字联：

爆竹飞花，喜庆千秋伟业；

金牛值岁，欣迎四化新春。

7. 十一字联：

旭日高悬，万物同沾新雨露；

东风浩荡，百花齐放艳阳天。

8. 十二字联：

塞北雪光莹，丙明五色辉元日；

江南春意动，子夜清歌唱四时。

十六、五律格式一

说实话,我也觉得律诗挺难写的。可能难在中间的颔联和颈联要对仗吧。前面简单说了说对仗的要求,大家可以试着写写。

五绝格式甲加上五绝格式甲,就是五律格式一。以下的甲乙丙丁指的是绝句的相应格式。

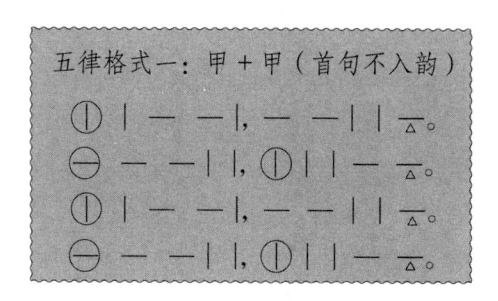

```
五律格式一:甲+甲(首句不入韵)
⊕ | — —|,— —| | △。
⊖ — —| |,⊕ | | — △。
⊕ | — —|,— —| | △。
⊖ — —| |,⊕ | | — △。
```

范例如下:

客路青山外,行舟绿水前。
潮平两岸阔,风正一帆悬。
                 △
海日生残夜,江春入旧年。

客路青山外行舟綠水前潮平兩岸闊風正一帆懸海日生殘夜江春入舊年鄉書何處達歸雁洛陽邊

細草微風岸危檣獨夜舟星垂平野闊月涌大江流名豈文章著官應老病休飄飄何所似天地一沙鷗

别业居幽处到来生隐心南山当户牖澧水
映园林屋覆经冬雪庭昏未夕阴寒&人境外
闲坐听春禽

世上谩相识此翁殊不然兴来书自圣醉后语
尤颠白发老闲事青云在目前床头一壶酒
能更几回眠

乡书何处达？归雁洛阳边。

——王湾《此次固山下》

细草微风岸，危樯独夜舟。
星垂平野阔，月涌大江流。
名岂文章著，官应老病休。
飘飘何所似，天地一沙鸥。

——杜甫《旅夜书怀》

别业居幽处，到来生隐心。
南山当户牖，沣水映园林。
屋覆经冬雪，庭昏未夕阴。
寥寥人境外，闲坐听春禽。

——祖咏《苏氏别业》

世上谩相识，此翁殊不然。
兴来书自圣，醉后语尤颠。
白发老闲事，青云在目前。
床头一壶酒，能更几回眠？

——高适《醉后赠张九旭》

再找几首这个格式的禅诗。

洪州法达禅师的赞《法华经》偈：

> 经诵三千部，曹溪一句亡。
> 未明出世旨，宁歇累生狂。
> 羊鹿牛权设，初中后善扬。
> 谁知火宅内，元是法中王。

寒山大师的：

> 登涉寒山道，寒山路不穷。
> 溪长石磊磊，涧阔水濛濛。
> 苔滑非关雨，松鸣不假风。
> 谁能超世累，共坐白云中。

灵泉归仁的《自遣》：

> 日日为诗苦，谁论春与秋。
> 一联如得意，万事总忘忧。
> 雨堕花临砌，风吹竹近楼。
> 不吟头也白，任白此生头。

襄州庞蕴居士的：

> 日用事无别，唯吾自偶谐。
> 头头非取舍，处处没张乖。
> 朱紫谁为号，丘山绝点埃。
> 神通并妙用，运水及搬柴。

🎓 作业

按照五律格式一写作一首五律。实在不行,写作两首五绝。

十七、五律格式二

继续说五律格式二：乙+丙（首句入韵）

这是个非常少见的格式，我不知道翻了多少本书才凑上这组范例。禅诗，费了无穷努力才找到一首。

> 五律格式二：乙+丙（首句入韵）
> ー ー | | ⊖，① | | ー ⊖。
> ① | ー ー |，⊖ ー | | ⊖。
> ⊖ | ー ー |，① | | ー ⊖。
> ① | ー ー |，ー ー | | ⊖。

何年顾虎头，满壁画瀛洲。
赤日石林气，青天江海流。
锡飞常近鹤，杯度不惊鸥。
似得庐山路，真随慧远游。
　　　　——杜甫《题玄武禅师屋壁》

何年顧虎頭淪壁畫瀛洲赤日石林氣青天
江海流錫飛常近鶴栖庾不驚鷗亦得廬
山路真隨慧遠遊
前年伐月支城上沒全師蕃斷消息死生長
別離無人收廢帳歸馬識殘旗欲祭疑君
在天涯哭此時

单车欲问边，属国过居延。征蓬出汉塞，归雁入胡天。大漠孤烟直，长河落日圆。萧关逢候骑，都护在燕然。

楼凉宝剑篇，羁泊欲穷年。黄叶仍风雨，青楼自管弦。新知遭薄俗，旧好隔良缘。心断新丰酒，销愁斗几千。

前年伐月支,城上没全师。
蕃汉断消息,死生长别离。
无人收废帐,归马识残旗。
欲祭疑君在,天涯哭此时。

——张籍《没蕃故人》

单车欲问边,属国过居延。
征蓬出汉塞,归雁入胡天。
大漠孤烟直,长河落日圆。
萧关逢候骑,都护在燕然。

——王维《使至塞上》

凄凉宝剑篇,羁泊欲穷年。
黄叶仍风雨,青楼自管弦。
新知遭薄俗,旧好隔良缘。
心断新丰酒,销愁斗几千。

——李商隐《风雨》

善生的《赠卢逸人》:

高眠岩野间,至艺敌应难。
诗苦无多首,药灵唯一丸。
引泉鱼落釜,攀果露沾冠。
已得嵇康趣,逢迎事每阑。

> **作业**

按照五律格式这个格式写五律最好,实在不行,按照格式写五绝两首。

还有,费心找找,哪里还有这个格式的五律?

十八、五律格式三

无论你学或者不学,我就在这里,不远不近,不即不离。

今天该到五律的第三种格式了。

> 五律格式三:丙+丙(首句不入韵)
> ⊖ — — | |,⊙ | | — △。
> ⊙ | | — |,— — | | △。
> ⊖ — — | |,⊙ | | — △。
> ⊙ | | — |,— — | | △。

青山横北郭,白水绕东城。
此地一为别,孤蓬万里征。
浮云游子意,落日故人情。
挥手自兹去,萧萧班马鸣。

——李白《送友人》

义公习禅寂,结宇依空林。

青山橫北郭白水繞東城此地一為別孤蓬萬里征浮雲遊子意落日故人情揮手自茲去蕭蕭班馬鳴

義公習禪寂結宇依空林戶外一峰秀階前衆壑深夕陽連雨足空翠落庭陰看取蓮花淨方知不染心

昔聞洞庭水今上岳陽樓吳楚東南坼乾坤日夜浮親朋無一字老病有孤舟戎馬關山北憑軒涕泗流

殘陽西入崦茅屋訪僧孤僧落葉人何在寒雲路幾層獨敲初夜磬閒倚一枝藤世界撤塵裏吾寧愛與憎

户外一峰秀，阶前众壑深。
夕阳连雨足，空翠落庭阴。
看取莲花净，方知不染心。
——孟浩然《题大禹寺义公禅房》

昔闻洞庭水，今上岳阳楼。
吴楚东南坼，乾坤日夜浮。
亲朋无一字，老病有孤舟。
戎马关山北，凭轩涕泗流。
——杜甫《登岳阳楼》

残阳西入崦，茅屋访孤僧。
落叶人何在，寒云路几层。
独敲初夜磬，闲倚一枝藤。
世界微尘里，吾宁爱与憎。
——李商隐《北青萝》

以下，选录几首禅诗。

宝华怀古的《烂柯山》二首选一：
仙家轻岁月，浮世重光阴。
白发有先后，青山无古今。
局终柯已烂，尘散海尤深。

若觅长生路，烟霞无处寻。

尚颜，一作栖蟾诗的《除夜》：
 九冬三十夜，寒与暖分开。
 坐到四更后，身添一岁来。
 鱼灯延腊火，兽炭化春灰。
 青帝今应老，迎新见几回。

澹交的《写真》：
 图形期自现，自现却伤神。
 已是梦中梦，更逢身外身。
 水花凝幻质，墨彩染空尘。
 堪笑予兼尔，俱为未了人。

皎然的《寻陆鸿渐不遇》：
 移家虽带郭，野径入桑麻。
 近种篱边菊，秋来未著花。
 叩门无犬吠，欲去问西家。
 报道山中去，归来每日斜。

作业

按照五律格式三的格律写作五律一首；实在不行，写五绝两首。

十九、五律格式四

这是五律的第四种标准格式。五绝、七绝、五律、七律，每种体式都是四种标准格式，总共十六种，每种格式我找了四首诗作为范例，总共64首诗，都请宿悦老师写了字帖，既可以学诗，也可以学字。

五律格式四：丁+甲（首句入韵）

⊙丨丨一一△，一一丨丨一△。
⊖一一丨丨，⊙丨丨一一△。
⊙丨一一丨，一一丨丨一△。
⊖一一丨丨，⊙丨丨一一△。

城阙辅三秦，风烟望五津。
与君离别意，同是宦游人。
海内存知己，天涯若比邻。
无为在歧路，儿女共沾巾。
——王勃《送杜少府之任蜀州》

城闕輔三秦風煙望五津與君離別意同是
宦遊人海內存知己天涯若比鄰無為在歧
路兒女共沾巾

銀燭吐青煙金樽對綺筵離堂思琴瑟別路
繞山川明月隱高樹長河沒曉天悠悠洛陽道
此會在何年

太乙近天都連山接海隅白雲回望合青靄入看無分野中峰變陰晴欲投人處宿隔水問樵夫

調角斷清秋征人倚戍樓春風對青冢白日落梁州大漢無兵阻窮邊有客遊蕃情似此水長願向南流

银烛吐青烟，金樽对绮筵。
离堂思琴瑟，别路绕山川。
明月隐高树，长河没晓天。
悠悠洛阳道，此会在何年？
——陈子昂《春夜别友人二首·其一》

太乙近天都，连山接海隅。
白云回望合，青霭入看无。
分野中峰变，阴晴众壑殊。
欲投人处宿，隔水问樵夫。
——王维《终南山》

调角断清秋，征人倚戍楼。
春风对青冢，白日落梁州。
大汉无兵阻，穷边有客游。
蕃情似此水，长愿向南流。
——张齐《书边事》

这个格式的禅诗比较多，选了六首。

资福智远的《律僧》：
滤水与龛灯，长长护有情。
自从青草出，便不下阶行。

　　　　北阙应无梦,南山旧有名。
　　　　将何喻浮世,惟指浪沤(音ōu)轻。

辩才的《设缸面酒款萧翼,探得来字》:
　　　　初酿一缸开,新知万里来。
　　　　披云同落寞,步月共徘徊。
　　　　夜久孤琴思,风长旅雁哀。
　　　　非君有秘术,谁照不燃灰?

清江的《七夕》:
　　　　七夕景迢迢,相逢只一宵。
　　　　月为开帐烛,云作渡河桥。
　　　　映水金冠动,当风玉佩摇。
　　　　惟愁更漏促,离别在明朝。

赞宁的《居天柱山》:
　　　　四野豁家庭,柴门夜不扃(音jiōng)。
　　　　水边成半偈,月下了残经。
　　　　虽逐诸尘转,终归一念醒。
　　　　未知斯旨者,万役尽劳形。

丹霞子淳的《山居五首选一》:
林麓结茅庐,翛(音xiāo)(一作潇)然称所居。

松风惊破梦，涧水静涵虚。

春老花犹媚，秋残叶未疏。

良宵无限意，东岭月生初。

法眼文益禅师的《无题》：

拥毳（音 cuì）对芳丛，由来趣不同。

发从今日白，花是去年红。

艳冶随朝露，馨香逐晚风。

何须待零落，然后始知空。

作业

按照五律格式四的格律写作五律一首；实在不行，写五绝两首。

二十、关于变体

此节仅供了解，主要是在欣赏古人的律绝的时候，稍微了解一下人家的创作规律。而且，我个人是不主张变格变体的，就老老实实按照标准律句来写，调整平仄正好可以打开思路。别以为人家变了，自己就可以变。人家可以耍单车杂技，咱就好好骑车代步。

本节较为详细地探讨各种律句的变体，对于格式的变体只是简单说明。

如果认真对照前面的平仄格式与范例，会发现"平平平仄仄"（七言是"仄仄平平平仄仄"）这句经常变为"平平仄平仄"，这是最常见的一个变法。

律句无论怎样变，第二字和末尾字是固定的，因为它是确定变体是由哪个律句变化而来的基础。

"拗句"相对于"律句"而言，就是诗句的平仄不符合律句的规范，"拗救"就是对不规则的平仄进行补救，使其成为律句的变体，这也是有固定要求的。一般分为本句自救（也叫"孤平拗救"）和对句相救两种。

有"变体律句"的说法，五言、七言各有十类。个人以为，有些拗句就是偶尔"出格"，有些其实并非律句，不必去学习套用什么"变体"的方法。

以下以四种标准律句为标准加以说明。

a ｜｜—— ｜（介绍 6 种变体）

a_1 ｜｜｜— ｜（此地一为别）"一"和"别"旧读入声，算作仄声。第三个字以平声为正格，仄声为变格。第一个字可平可仄，如"挥手自兹去"。这种变格如果出现的话，应该在对句的第三个字用平声补救，但也有可救可不救之说。

a_2 ｜｜— ｜｜（野火烧不尽）第四个字本该是平声却用了仄声，这是拗句，必须在对句的第三个字用平声作为补救，如"春风吹又生"。

a_3 — ｜｜— ｜（炉火照天地）第一个字与第三个字平仄互换。

a_4 — ｜｜｜｜（人事有代谢）

a_5 ｜｜｜｜｜（向晚意不适）

a_6 — ｜— ｜｜（流水何太急）第一个字与第四个字平仄互换。

b —— ｜｜ —（介绍 6 种变体）

b_1 ——— ｜ —（云霞生薜帷）第三个字以仄声为正格，平声为变格。

b_2 ｜—　—　｜　—（到来生隐心）第一个字与第三个字平仄互换。这既是 b 律句自身的孤平拗救（因为第一个字用了仄声，等于犯了"孤平"，所以第三个字要用平声补救），又是 a_1 和 a_2 句式的对句拗救。

b_3 —　—　｜　—　—（乘湖去茫茫）第四个字以仄声为正格，平声为变格。这种变格极为少见。

b_4 ｜—　—　—　—（静听松风寒）

b_5 —　—　—　—　—（光辉何清圆）

b_6 ｜—　｜　—　—（不闻凤凰鸣）第一个字与第四个字平仄互换。

c —　—　—　｜　｜（介绍 6 种变体）

c_1 —　—　｜　｜　｜（清晨入古寺）第三个字以平声为正格，仄声为变格，此种情况第一个字必须用平声。

c_2 —　—　｜　—　｜（遥怜故园菊）"菊"旧读入声，算作仄声。第三个字与第四个字平仄互换，此种情况第一个字必须用平声。这是一种特定的变格，很常见。

c_3 —　—　—　—　｜（何当离城市）第四个字以仄声为正格，平声为变格。

c_4 ｜—　｜　｜　｜（百年已过半）第一个字、第三个字都以平声为正格，全都变为仄声。

c_5 ｜—　｜　—　｜（客心洗流水）第一个字、第三个字都以平声为正格，全都变为仄声第四个字变为平声。

c_6 ｜ー ー ー ｜（故乡行云是）第一个字与第四个字平仄互换。

d ｜｜｜ー ー（介绍6种变体）

d_1 ｜｜ー ー ー（打起黄莺儿）第三个字以仄声为正格，平声为变格。

d_2 ｜｜ー｜ー（八月湖水平）"八"旧读入声，算作仄声。第三个字与第四个字平仄互换。

d_3 ｜｜｜｜ー（一室贮水清）"一"旧读入声，算作仄声。第四个字平声为正格，仄声为变格。

d_4 ー｜ー ー ー（邀我丹田宫）第一个字、第三个字都以仄声为正格，都变为平声。

d_5 ー｜ー｜ー（形在天际游）

d_6 ー｜｜｜ー（帘外独自行）第一个字与第四个字平仄互换。

* 对句相救与本句自救同时并用："人事有代谢，往来无古今"；"致此自僻远，又非珠玉装"。出句第一个字可平可仄，第三和第四个字本该平声，却都用了仄声，对句以 b_2 拗救。

七言变体律句请以五言为参考，这里每种标准律句仅列出两种变体加以说明。

A_1 — — ｜ ｜ ｜ — ｜（此生此夜不长好）"此"是仄声，第一个字可平可仄。第五个字以平声为正格，仄声为变格。对句第五个字可救可不救。

A_2 — — ｜ ｜ — ｜ ｜（敬从乘舆来此地）第一和第三个字可平可仄。第六个字该平而仄，这是拗句，此种句式要用对句拗救，也就是对句的第五个字必须用平声。

B_1 ｜ ｜ — — — ｜ —（玉露凋伤枫树林）第五个字以仄声为正格，平声为变格。

B_2 ｜ ｜ ｜ — — ｜ —（潘岳悼亡犹费词）第一个字可平可仄，第三个字与第五个字平仄互换，这既是律句 B 的孤平拗救，又是 A″ 句式的对句拗救。

C_1 ｜ ｜ — — ｜ ｜ ｜（秋水才深四五尺）第一个字可平可仄，第三个字必须用平声，第五个字以平声为正格，仄声为变格。

C_2 ｜ ｜ — — ｜ — ｜（昨日邻家乞新火）"昨"旧读入声，算作仄声。第五个字与第六个字平仄互换，互换后第三个字必须用平声。这是一种特定的变格，很常见。

D_1 — — ｜ ｜ — — —（一弦一柱思华年）第一和

第三个字可平可仄，第五个字以仄声为正格，平声为变格，因为形成"三平尾"，所以极为罕见。如果这句中的"思"读作 si，去声，是仄声，那么就不存在变格的问题，但"思"作动词读平声，作名词读仄声。

D$_2$ ——｜｜—｜—（春江潮水连海平）第一和第三个字可平可仄，第五个字与第六个字平仄互换，这可以看作是古风中的拗句。

* 对句相救与本句自救同时并用："一身报国有万死，双鬓向人无再青"。"一"旧读入声，算作仄声，此处可平可仄；"国"旧读入声，算作仄声；"双"是平声，此处可平可仄。出句第五和第六个字都用了仄声，对句第五个字"无"既救了本句的第三个字"向"，又救了出句的"有万"两个拗处。

至于"格"的改变，主要就失粘、失对而言。绝句每个标准格式都有 7 种改变，例如，五绝有 4 个标准格式，也就有 28 种变格。七绝也有 28 种变格。律诗每个标准格式有 127 种变格，五律、七律各有 4 个标准格式，508 个变格。所以，律绝合计有 1072 种变格。其中，"折腰体"算是最常见的。

折腰体，从形式上看，诗句后半部分的平仄基本与前半部分的平仄相同。严羽《沧浪诗话·诗体》云：

"有绝句折腰者，有八句折腰者。"这里的"八句"，即是指律诗(包括七律、五律，不包括排律)。绝句只有四句，所谓"中失粘"，即第二句和第三句的平仄原本是要相粘的，而故意作失粘处理。同理，八句的律诗，第四句和第五句的平仄原本也是要相粘的，而故意作失粘处理。要强调的是，折腰后的平仄，须继续按粘对的规律顺承下去，该对的仍需对，该粘的仍需粘。

其实在"正体格律"和"变体格律"之外还有一种"拗体格律"，自有一套平仄变化的规律，相对来讲比较复杂，在此暂不讨论。

这节的内容我整理了很久，有些头大的感觉。回头再说，咱就老老实实按照标准律句来写吧，万变不离其宗，在驾轻就熟之前，越变越麻烦，何苦受累呢？"老实"两个字最是省力，省力处得无限力，得力处省无限力。

二十一、七律格式一

接下来的四节,我把七律的四种格式贴在这里。别忘了颔联和颈联要对仗啊。

> 七律格式一:甲+甲(首句不入韵)
> ⊖−⊕∣−−∣,⊕∣−−∣∣—。
> ⊕∣⊖−−∣∣,⊖−⊕∣∣−—。
> ⊖−⊕∣−−∣,⊕∣−−∣∣—。
> ⊕∣⊖−−∣∣,⊖−⊕∣∣−—。

去年花里逢君别,今日花开又一年。
世事茫茫难自料,春愁黯黯独成眠。
身多疾病思田里,邑有流亡愧俸钱。
闻道欲来相问讯,西楼望月几回圆。

——韦应物《寄李儋元锡》

人生到处知何似,应似飞鸿踏雪泥。
泥上偶然留指爪,鸿飞那复计东西。

去年花里逢君別　今日蒼開又一年　世事茫㬒
難自料　春愁黯黯獨成眠　身多疾病思田里
邑有流亡愧俸錢　聞道欲來相問訊　西樓
望月幾回圓

人生到處知何似　應似飛鴻踏雪泥　上偶然
留指爪鴻飛那復計東西　老僧已死成新塔
壞壁無由見舊題　往日崎嶇還記否　路上人
困蹇驢嘶

巴山楚水淒涼地二十三年棄置身懷舊
空吟聞笛賦到鄉翻似爛柯人沈舟側畔
千帆過病樹前頭萬木春今日聽君歌一
曲暫憑杯酒長精神

舍南舍北皆春水但見群鷗日ミ來花徑
不曾緣客掃蓬門今始為君開盤飧市遠
無兼味樽酒家貧只舊醅肯與鄰翁相
對飲隔籬呼取盡餘杯

老僧已死成新塔,坏壁无由见旧题。
往日崎岖还记否,路长人困蹇驴嘶。
——苏轼《和子由渑池怀旧》

巴山楚水凄凉地,二十三年弃置身。
怀旧空吟闻笛赋,到乡翻似烂柯人。
沉舟侧畔千帆过,病树前头万木春。
今日听君歌一曲,暂凭杯酒长精神。
——刘禹锡《酬乐天扬州初逢席上见赠》

舍南舍北皆春水,但见群鸥日日来。
花径不曾缘客扫,蓬门今始为君开。
盘飧市远无兼味,樽酒家贫只旧醅。
肯与邻翁相对饮,隔篱呼取尽馀杯。
——杜甫《客至》

再看几首这个格式的禅诗。

行海的《悼允上人》:

白云寺里同听讲,卜得山斋竹树幽。
君已不来梅自发,世皆如梦水长流。
寒灯苦志归黄土,俗客轻人将白头。
万惜少年多是死,静思吾道转堪愁。

泐潭灵澄的《西来意颂》：
　　因僧问我西来意，我话居山七八年。
　　草履只栽三个耳，麻衣曾补两番肩。
　　东庵每见西庵雪，下涧长流上涧泉。
　　半夜白云消散后，一轮明月到床前。

大易的《赠司空拾遗》：
　　侍臣何事辞云陛，江上微云见雪花。
　　望阁未承丹凤诏，掩门空对楚人家。
　　陈琳草奏才还在，王粲登楼兴未赊。
　　高馆更容尘外客，仍令归路待瑶华。

裴休的《赞黄檗禅师》：
　　自从大士传心印，额有圆珠七尺身。
　　挂锡十年栖蜀水，浮杯今日渡江滨。
　　一千龙众随高步，万里香花结胜因。
　　拟欲事师为弟子，不知将法付何人？

作业

按照这个格式写一首七律，实在不行写两首七绝。

二十二、七律格式二

闲言少叙,开门见山,今天出场的是七律格式二。

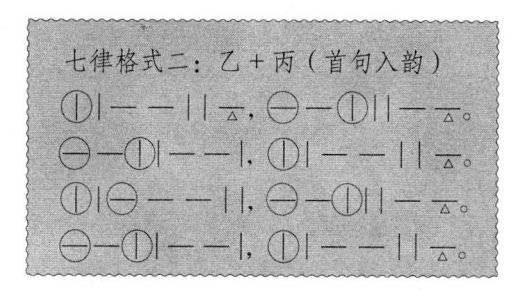

```
七律格式二:乙+丙(首句入韵)
⊙|--||△,⊖—⊙||—△。
⊖—⊙||—|,⊙|——||△。
⊙|⊖——||,⊖—⊙||—△。
⊖—⊙||—|,⊙|——||△。
```

　　头上花枝照酒卮,酒卮中有好花枝。
　　身经两世太平日,眼见四朝全盛时。
　　况复筋骸粗康健,那堪时节正芳菲。
　　酒涵花影红光溜,争忍花前不醉归。
　　　　　　　　——邵雍《插花吟》

　　油壁香车不再逢,峡云无迹任西东。
　　梨花院落溶溶月,柳絮池塘淡淡风。
　　几日寂寥伤酒后,一番萧索禁烟中。

头上花枝照酒卮酒卮中有好花枝身经两

世太平日眼见四朝全盛时浣复筋骸粗

康健那堪时节正芳菲酒涵花影红光

溜争忍花前不醉归

油壁香车不再逢峡云无迹任西东梨花

院落溶溶月柳絮池塘淡淡风几日寂寥

伤酒后一番萧索禁烟中鱼书欲寄何

由达水远山长处处同

南山北頭多墓田清明祭掃各紛然

飛佐白蝴蝶淚水染成紅杜鵑日落狐狸

眠塚上夜歸兒女笑燈前人生有酒須當

醉一滴何曾到九泉

来是空言去絕蹤月斜樓上五更鐘夢

為遠別啼難喚書被催成墨未濃蠟照

半籠金翡翠麝熏微度繡芙蓉劉郎

已恨蓬山遠更隔蓬山一萬重

鱼书欲寄何由达,水远山长处处同。

——晏殊《无题》

南北山头多墓田,清明祭扫各纷然。
纸灰飞作白蝴蝶,泪血染成红杜鹃。
日落狐狸眠冢上,夜归儿女笑灯前。
人生有酒须当醉,一滴何曾到九泉。

——高翥《清明日对酒》

来是空言去绝踪,月斜楼上五更钟。
梦为远别啼难唤,书被催成墨未浓。
蜡照半笼金翡翠,麝熏微度绣芙蓉。
刘郎已恨蓬山远,更隔蓬山一万重!

——李商隐《无题》

这个格式的几首禅诗。

丹霞子淳的《谢蒙城善友惠米》:

客到蒙城有信归,殷勤惠米助晨炊。
老僧钵满慊相唤,长者恩深只自知。
粒粒圆成难著会,明明嚼碎更何疑。
赵州遗语诚非谬,一饱元来忘百饥。

九峰义诠的《山居》：

　　住在匡峰却闭关，生涯劳役谩循环。
　　百年魂梦能几日，一寸寒灰宜近山。
　　滤水煮茶醒睡眼，听泉留客话身闲。
　　思量更有冥心事，松竹森森不可攀。

义净的《题取经诗》：

　　晋宋齐梁唐代间，高僧求法离长安。
　　去人成百归无十，后者安知前者难。
　　路远碧天唯冷结，沙河遮日力疲殚。
　　后贤如未谙斯旨，往往将经容易看。

贯休的《野居偶作》：

　　高淡清虚即是家，何须须占好烟霞。
　　无心于道道方得，有意向人人转赊。
　　风触好花文锦落，砌横流水玉琴斜。
　　但令如此还如此，谁羡前程未可涯。

作业

按照七律格式二写一首七律或写七绝两首。

二十三、七律格式三

七律格式三：丙＋丙（首句不入韵）

⊙｜⊖ーー｜｜，⊖ー⊙｜｜ー△。
⊖ー⊙｜ーー｜，⊙｜ーーー｜｜△。
⊙｜⊖ーー｜｜，⊖ー⊙｜｜ー△。
⊖ー⊙｜ーー｜，⊙｜ーーー｜｜△。

寂寞柴门村落里，也教插柳记年华。
禁烟不到粤人国，上冢亦携庞老家。
汉寝唐陵无麦饭，山溪野径有梨花。
一樽径籍青苔卧，莫管城头奏暮笳。
　　　　　　　　——赵元镇《寒食书事》

佳节清明桃李笑，野田荒冢只生愁。
雷惊天地龙蛇蛰，雨足郊原草木柔。
人乞祭余骄妾妇，士甘焚死不公侯。
贤愚千载知谁是，满眼蓬蒿共一丘。
　　　　　　　　——黄庭坚《清明》

穿窻棐門郝落裏也教插柳記年華葉

煙不到粵人國上冢亦攜寵老家漢寢唐

陵無麥飯山蹊野徑有梨花一樽徑籍青

苔卧莫管城頭奏暮笳

佳節清明桃李咲野田荒冢只生愁雷驚

天地龍蛇蟄雨足郊原草木柔人乞祭

余驕妾婦士甘焚死不公矦賢愚千載

知誰是滿眼蓬蒿共一丘

五夜漏聲催曉箭九重春色醉仙桃旌旗
日暖龍蛇動宮殿風微燕雀高朝罷香煙
攜滿袖詩成珠玉在揮毫欲知世掌絲
綸美池上於今有鳳毛

劍外忽傳收薊北初聞涕淚滿衣裳卻看
妻子愁何在漫卷詩書喜欲狂白日放歌須縱
酒青春作伴好還鄉即從巴峽穿巫峽便下襄
陽向洛陽

五夜漏声催晓箭,九重春色醉仙桃。
旌旗日暖龙蛇动,宫殿风微燕雀高。
朝罢香烟携满袖,诗成珠玉在挥毫。
欲知世掌丝纶美,池上于今有凤毛。
——杜甫《奉和贾至舍人早朝大明宫》

剑外忽传收蓟北,初闻涕泪满衣裳。
却看妻子愁何在,漫卷诗书喜欲狂。
白日放歌须纵酒,青春作伴好还乡。
即从巴峡穿巫峡,便下襄阳向洛阳。
——杜甫《闻官军收河南河北》

几首禅诗:

黄龙慧南的《洪州送永统二禅人入浙》:
黄檗问心心不尽,洪都送别别非轻。
旧山未暇论归日,为尔徘徊说去程。
林叶缤纷衣斗烂,乡砧嘹亮锡交声。
头头总是吾家物,莫把情尘取次明。

洞山良价的《辞北堂书》:
岩下白云常作伴,峰前碧障以为邻。
免干世上名和利,永别人间爱与憎。
祖意直教言下晓,玄微须透句中真。

合门亲戚要相见,直待当来证果因。

永明延寿的《山居诗》:
三度曾经游此地,从缘权顺世闲情。
登山虽有谢安志,遁迹惭无慧远名。
翠叠寒枝松未老,影深幽径竹新成。
莫言去住关怀抱,云本无心水自清。

惟晤的《次韵和酬契嵩〈同公济冲晦宿灵隐夜晴〉》:
战退睡魔重酌茗,再披文卷眩生花。
喜逢长夜身虽健,勉和新诗兴未佳。
风细猿声清似梵,月明杉影密如麻。
腊寒灯炷飞蛾灭,何必殷勤护薄纱。

作业:

按照七律格式三写作一首七律或写两首七绝。

二十四、七律格式四

去掉葛藤，开门见山。

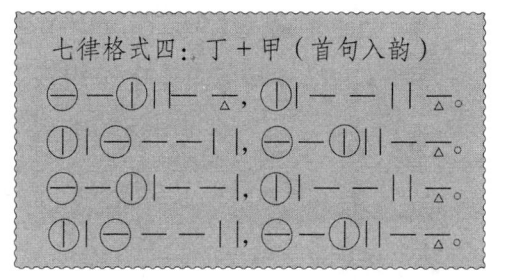

> 七律格式四：丁+甲（首句入韵）
> ⊖—⊕∣├—△，⊕∣——∣∣—△。
> ⊕∣⊖——∣∣，⊖—⊕∣∣—△。
> ⊖—⊕∣——∣，⊕∣——∣∣—△。
> ⊕∣⊖——∣∣，⊖—⊕∣∣—△。

春风疑不到天涯，二月山城未见花。
残雪压枝犹有橘，冻雷惊笋欲抽芽。
夜闻归雁生乡思，病入新年感物华。
曾是洛阳花下客，野芳虽晚不须嗟。

——欧阳修《戏答元珍》

朝回日日典春衣，每日江头尽醉归。
酒债寻常行处有，人生七十古来稀。
穿花蛱蝶深深见，点水蜻蜓款款飞。

春风疑不到天涯二月山城未见花残雪压
枝犹有橘冻雷惊笋欲抽芽夜闻归雁
生乡思病入新年感物华曾是洛阳花下客
野芳虽晚不须嗟

朝回日日典春衣每日江头尽醉归酒债寻常
行处有人生七十古来稀穿花蛱蝶深深见
点水蜻蜓款款飞传语风光共流转暂时相赏
莫相违

清江一曲抱邨流長夏江邨事事幽自来自
去堂上燕相親相近水中鷗老妻畫紙為棋
局稚子敲鍼作釣鉤多病所須唯藥物㣲
軀此外更何求

紫泉宫殿鎖烟霞欲取蕪城作帝家玉
璽不緣歸日角錦帆應是到天涯於今
腐草無螢火終古垂楊有暮鴉地下若
逢陳後主豈宜重問後庭花

丁酉二月六浣典之宿毅書

传语风光共流转，暂时相赏莫相违。
——杜甫《曲江二首·其二》

清江一曲抱村流，长夏江村事事幽。
自去自来堂上燕，相亲相近水中鸥。
老妻画纸为棋局，稚子敲针作钓钩。
多病所须唯药物，微躯此外更何求。
——杜甫《江村》

紫泉宫殿锁烟霞，欲取芜城作帝家。
玉玺不缘归日角，锦帆应是到天涯。
于今腐草无萤火，终古垂杨有暮鸦。
地下若逢陈后主，岂宜重问后庭花。
——李商隐《隋宫》

禅诗，意犹未尽，选了六首。

张拙秀才的《悟道诗》：

光明寂照遍河沙，凡圣含灵共我家。
一念不生全体现，六根才动被云遮。
断除烦恼重增病，趣向真如亦是邪。
随顺世缘无挂碍，涅槃生死等空花。

契适的《观音诗》：

　　金沙池㲼玉莲馨，殿阁阶墀尽水精。
　　云化路歧通万国，风飘舟楫济群生。
　　座妆珪璧霜犹暗，衣缀珠玑月不明。
　　若向险途逢八难，只劳心念讽持名。

慧霖的《闰中秋玩月》：

　　禅边风味客边愁，馈我清光又满楼。
　　一月可曾闲几日，百年难得闰中秋。
　　菊花信待重阳久，桂子香闻上界留。
　　遮莫圆明似前度，不知谁续广寒游。

德辉的《辞世偈》：

　　一生无利亦无名，圆顶方袍自在行。
　　道念只从心上起，禅机俱向舌根生。
　　百千万劫假非假，六十三年真不真。
　　今向无名丛内去，不遗一物在南屏。

金地藏的《送童子下山》：

　　空门寂寞汝思家，礼别云房下九华。
　　爱向竹栏骑竹马，懒于金地聚金沙。
　　添瓶涧底休招月，烹茗瓯中罢弄花。
　　好去不须频下泪，老僧相伴有烟霞。

可朋的《中秋月》：

登楼仍喜此宵晴，圆魄才观思便清。
海面乍浮犹隐映，天心高挂最分明。
片云想有神仙出，回野应无鬼魅形。
曾向洞庭湖上看，君山半雾水初平。

作业

按照七律格式四写作一首七律或写两首七绝。

二十五、关于填词

好多人问：写诗、填词哪个容易？或者，哪个更难？

仅就形式而言，对于初学者来说，都特别容易。如果对于熟练掌握了诗词格律的"老手"来说，当然写诗容易。

为什么这么说？

对于初学格式的爱好者，五七言的基本律句，以及粘对规则，尚且一头雾水。要写诗，练习码字，把平声、仄声的字往规定的格式里面套，跟照谱填词一个路数。填词，也是按照规定，在平声的位置填上平声字，在仄声的位置填上仄声字，在可平可仄的位置自由发挥，不用考虑平仄音调。该押韵的位置也都有标识。讲究点儿的还要符合对仗的要求。

反正都是照谱填字，写诗、填词，一样容易。

熟悉了格律就不一样了。无论五言还是七言，标准律句都是四种，按照之前讲过的粘对规则排列组合，都只有四种格式。一般而言，确定了一句的第二个字（所谓平起或仄起）以及是否入韵，这句的格式就确定了，接下来，整首诗的格律也就确定了，哪怕写上几百句，格式别无选择，就一种。

所以说，诗的格式不需要背，固定的，连什么地方可平可仄也没什么商量的余地。

咱别总是惦记着变格、变体那些事儿。

至于词谱，虽然有些也是标准律句，但它规定可平可仄的位置却往往没有固定的规律，何况长短句句式参差不齐，一般没有确定的规律可循。填词，就得照着词谱填。某一个词牌如果反反复复填，有可能背下来。几乎没听说过一个人能够背下来多少多少词谱。

《白香词谱》收录了100个常用词牌，虽然也存在这样那样的问题，但是，个人以为，比较偏爱的词谱一般也就一二十个，足够了。如果对某些词牌有特殊爱好，而《白香词谱》又没有收录，找其它更专业的工具书也并非难事。

词这种文学体式，一般认为也是先在民间产生，《敦煌曲子词》记录了一些。中唐时期，白居易等文人开始参与创作，远没有诗的影响力。唐末，五代十国，《花间词》，创作水准基本类似于流行歌曲，内容主要是关于美女和爱情的。南唐二主，特别是后主李煜，用小词写家国身世的悲慨，是使小词走向文人创作的里程碑。

宋代是词发展的顶峰。由小令而慢词，各种表现手法也逐步完备，歌者之词、文人之词、赋家之词，各具特色。

经历元明清,直至近、现、当代,诗词格律的"游戏规则"确立已逾千年,基本上没有发展与改变。到今天,我们实在不用打着改革的旗号跟那个形式过不去。"旧瓶装新酒",别跟瓶子较劲。格式就在那里,想学,咱可以速成,费不了多少功夫。不想学,无所谓,别叫那个"名头",尽管随便写。

只要记住,词不是每句字数一样就可以叫那个词牌的。

买一本词谱,或者照着网上显示的格式,按照平仄填字,该押韵的地方押韵,该对仗的地方对仗。仅此而已。

作业

从《白香词谱》中,找个自己相应的词谱试着填一下。不指定具体词牌。

二十六、再谈押韵

这个"浅浅说"系列文章的一开始说过押韵的问题,这里再说说。

至于平水韵(107韵部)与《佩文韵府》(106韵部)的关系似乎有些专业,有兴趣的可以查资料,涉及的内容很多。我们一般也把佩文韵府的106韵部称为"平水韵"(30部平声、29部上声、30部去声、17部入声)。

因为近体诗的绝句和律诗都是押平声韵的,所以用得最多的是《佩文韵府》(平水韵)的30个平声韵。上平声15个,下平声15个。所谓一东、二冬、三江、四支……一先、二萧……啥的。

如果拿普通话做标准,那30个韵部确实有很多问题,读起来根本不押韵的偏偏在同一个韵部,比如"该死的十三元"等。而明明押韵(同样的韵母)的,读来也朗朗上口,却硬是不在同一个韵部,比如一东、二冬;三江、七阳,等等。

有人说古代的读音,或者说"官话"的读音发生了改变,所以押韵的问题发生了改变,我觉得不是这样的。

平水韵就算宋代的,《佩文韵府》就算清代的,官方的"游戏规则"其实没怎么改变。不管读啥音,写诗填词,押韵,写在纸面上,就必须按照一定的规矩,没商量。

写诗用普通话押韵可以算是一种善巧方便,但并非"游戏规则"。

至于填词,有《词林正韵》,19个韵部。平声韵的词有14个平声的韵部可以依据,上声韵和去声韵也是那14个韵部,入声韵另外有5个韵部。除了词谱规定押平声韵或者仄声韵(上声与去声可以通押),还有一些转韵词,既有押平声韵的句子,也有押仄声韵的句子,至于怎么转,什么时候转,要严格遵守词谱的要求。

个人觉得,《调笑令》这个词牌虽然只有32个字,但是对于押韵的要求之严格算是颇有难度的。喜欢挑战的可以试试啊。

还有一种曲韵,十三辙,属于《中原音韵》。13个韵部,没有入声韵。有人误以为平声韵和仄声韵归属于同一个韵部就是可以混押。错!错!错!哪里押平声韵,哪里押仄声韵,甚至押上声韵、押去声韵,全有严格的规定,必须照规矩来,在押韵的问题上,绝对不可以通融。

现在有一种"中华新韵"的说法,好像是14个韵部,以普通话为依据,基本上比较合理,但诗词界也是争议很多。

2019年11月1日,中华诗词学会研制的《中华通韵》由国家教育部、国家语言文字工作委员会以国家语言文字规范的形式颁布全国试行。2020年4月,《中华通韵》由语文出版社出版发行。

作为初学者,用词韵写诗(宽多了),无论诗词一律用普通话押韵,不能说不可以。但是,平声韵和仄声韵不可以随便混押,这是底线。

再说,平水韵、词林正韵、中原音韵,最好都了解一些。

二十七、散曲

虽然我们说诗词的写作，但其实广义包括了曲和联。今天说说散曲。

我一直以为散曲比诗词难写。一个是工具书少，一个是很少练习（大概是自己的兴趣淡薄和缺少可交流的范围吧）。

曲是在词之后兴起的。虽然词也叫"曲子词"，但曲子词不是曲子啊。曲可以分为南曲和北曲，北曲以中原音韵为准，入声已经分派到平声、上声、去声里面了。

无论南曲还是北曲，曲这种文学形式，一般分为剧曲和散曲。如果文学体裁被划分为小说、散文、诗歌、戏剧四类的话，剧曲一般归属于戏剧一类，而散曲一般归属于诗歌这一类。散曲也称"清曲"、"今乐府"。

散曲之名最早见之于文献，是明初朱有燉的《诚斋乐府》，不过该书所说的散曲专指小令，尚不包括套数。明代中叶以后，散曲的范围逐渐扩大，把套数也包括了进来。直到 20 世纪初，吴梅、任讷等曲学家的一系列论著问世以后，散曲作为包容小令和套数的完整的文体概念，最终被确定了下来。

散曲包括小令（叶儿）、套数和介于两者之间的带过曲等几种主要形式。套曲由若干曲子组成，如《一枝花·不伏老》，含四支曲子。小令以一支曲子为独立单位，如《四块玉·别情》。小令以一支为限，如果两三支合为一个单位，叫做带过曲。

套数又称"套曲"、"散套"或"大令"，是从唐宋大曲，宋金诸宫调发展而来。其定制一般有三个特征：一是全套必须押韵相同；二是有【尾声】；三是同宫调的两个以上的只曲连缀而成。套曲以其较长的篇幅表达相对复杂之内容，或抒情，或叙事，或抒情叙事兼而有之。

带过曲是由同一宫调的不同曲牌组成，如【雁儿落带得胜令】【骂玉郎带感皇恩采茶歌】等，曲牌最多不超过三首。带过曲属于小型曲组，与套数比，容量小得多，且没有【尾声】。它只是小令与套数之间的特殊形式。

有一种说法：散曲的押韵比较灵活，可以平仄通押，句中还可以衬字。北曲衬字可多可少，南曲有"衬不过三"的说法。衬字，明显的具有口语化，俚语化，使得曲意更加明朗。不得不说，可以平仄通押可不是什么省心事，分明更加闹心，因为什么地方押平声韵，什么地方押仄声韵（乃至细分为上声韵和去声韵），都有明确规定，其实是更加严格。衬字也很难用到得心应手。

填词，一般找一本《白香词谱》很方便。要想写曲，找一本曲谱好像比较难，尤其套曲，很难找到规范的格式。

我个人制曲没经验。也没有啥好书推荐。学可以学，也算是可以照谱填字，但是比较难。有兴趣就试试吧。

作业：

试谱一曲（小令、套数均可）。不规定具体曲牌。

教诗随笔

一、第一个来贤普堂学诗的美女

贤普堂从 2013 年启建,是我父母提供的场所,我负责打理,算是都市里一个小小的传统文化学习空间,纯公益,朋友们在一起读书、学习。但直到 2018 年春天二次装修之前,我没有在这里专门教过诗词,只是随缘提及而已。

也许,是在等一个人吧。

从 2018 年 5 月 29 日(农历四月十五)至 2019 年 7 月 2 日,贤普堂每周二的诗词沙龙活动了 50 次,这让我想到了李商隐的那句诗:"锦瑟无端五十弦,一弦一柱思华年。"

此外,我还专门给孩子们办了周六班,15 次课(包括 2019 年 1 月 12 日的分享会),给孩子们讲诗,教孩子们写诗,后面会提到。

诗词沙龙还在继续,人员会有流动。

认识净明居士很多年,她年龄比我大一个多月,看上去年轻、漂亮,为人爽朗、大方。不知道为什么,我们虽然一直保持联系，她却没有来过贤普堂，直到2018年5月22日，贤普堂装修之后"洒净"这天，她才终于在这里出现。

2018年5月29日，周二，我召集第一次有关诗词的活动。6月5日，第二次，我分享了一些古代禅诗之后，开始指导大家尝试写作，只有净明居士一个人配合我。就这样，净明居士开始以零基础学写格律诗词。在整整三个月里，基本上只有这一个学生，其他人无论坚守或者飘过，都是陪读，只有宋佳杰同学（12岁）友情客串写了一首五绝。

我起初让净明居士写"糖饼诗"至少十首。为何呢？

1. 净明居士俗姓唐，她自称工作室"三颗糖"，此诗味也。

2. 糖饼两个字的读音系平仄，学诗填词均以平仄为基础。

3. 净明居士原籍天津，有个脍炙人口的天津相声《钓鱼》，鱼没钓着，糖饼费了不少。这是一句玩笑话，希望她借糖饼之力，写出好诗。

我在她开始创作的第二天（2018年6月6日），为净明糖饼诗开篇戏题：

> 与谁同品那杯茶？贤普堂前认旧家。
> 窗外无非风著雨，一张糖饼走天涯。

7月10日,她写第六首"糖饼诗"(非"平水韵"):

六祖黄梅幻化身,暗香彻骨动冰心。
大千不过一糖饼,万朵山河掌上尘。

净明居士的先生范治斌是当代水墨画家青年一代的领军人物,原本对她学诗是没有什么信心的,见到这首诗之后以抄录古代禅诗的态度恭录一纸。当然,之后时有书录。

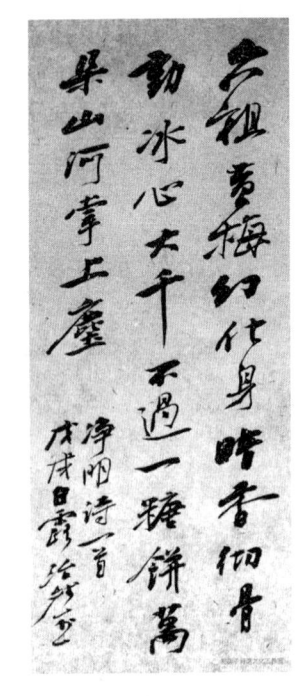

起初我并不要求她使用平水韵,甚至个别字也未用入声的读音,但之后她自己越来越严格要求自己。

2019年以来,她负责召集贤普堂诗词沙龙的活动,大家都叫她"大师姐"。

我实在数不清净明这一年多的时间写了多少诗词,应该是已经超过了100首。我们打算2019年年底编一本《己亥杂诗》。这里随便"剧透"几首。

贤普堂戊戌诗词曲联小集印出感言

十年相遇不相知,几世回眸未了时。
重聚花园东巷里,红尘一醉只缘诗。

准提赞

法界清凉寂静空,准提佛母力无穷。
秦时宝镜分明看,无相观音有相中。

瓷婚

苦辣酸甜二十年,红尘一梦转头烟。
风霜雨雪寻常过,看罢梅花月正圆。

牡丹茶

饮罢牡丹茶一盏,清欢有味在人间。
高低远近原无事,几度花开月满山。

樱花碎

春雷滚滚雨惊声,昨夜驱车花下行。
玉碎虚空千万朵,天涯何处葬多情?

西江月·青梅

莞尔青梅岁月,悠然竹马生涯。寒窗几度落霜华,共赏风荷如画。

各自半生逐梦,偶来一日烹茶。异乡明月照千家,依旧红墙绿瓦。

这里随附净明居士2018年岁末写的学诗感言。

遇见慧心

我和慧心真的是遇见的。很多年前带着我的龙凤胎去一个叫紫泉的地方参加活动,她忽闪着大眼睛和我说,她妹妹也生了一对双胞胎千金,和千禹千尧一般大。细聊才知原来这两对双胞胎早就认识,是邻居。天下就有这么巧的事。

时光荏苒,我们不常见,却也没断了联系。这样的一个妙人既然认识了,你肯定不会忘了她。今年5月,贤普堂重新装修好啦,我就去看她,第一次去就吃了七个大包子。后来又吃糖饼、吃面条、吃蛋糕、吃水果,喝咖啡、喝奶茶、喝普洱、老白茶……也不知道这些好吃好喝的都是哪来的，反正贤普堂什么都不缺，一派物质极大丰富，人民为所欲为的繁荣景象。当然，她还"顺便"教大家写诗词，她上课极民主极自由极随缘，只要不影响大家干什么都行。于是你常常会看到座上慧心老师神采奕奕滔滔不绝引经据典地讲着禅诗，桌边学生们吃吃喝喝有说有笑似睡非睡地坐在下面听着故事，"格格"在的时候你还可能看见一个美女靠着贤普堂的窗子画着小妆，夕阳夕下，邻居王大哥可能已经开始为大家做晚饭啦。十几平米的小屋里有糖饼有诗歌有茶香，温馨无比，神仙的日子。

2018年就快过去了，慧心老师的零基础学生们要出诗词集啦，她就这么润物细无声的把我们这些老老小小都教会啦。开始玩笑地封我"糖饼"派掌门，让我这个平仄不分的诗词小白由糖饼入门，后来不到半年时间，实现她说的"一张糖饼走天涯"，从七绝到元曲写个遍。真是不可思议。只有她才干得出来！

我们真后悔没有特别认真学，问她明年还教吗？她说她也不知道。我们说在喜马拉雅开电台吧，她说她不干，就只面授。我们说开班收费吧，她说收钱太累就免费。她就是这么个妙人，你遇见了她就肯定不会忘记她。

二、出诗集

贤普堂诗词沙龙戊戌年编印了《月明一片露华凝》，收录作品500多篇，包括诗词曲联，是我收集整理的，绝大多数都是零基础初学者的作品。

2020年初春打算汇总上一年的诗词作品，编印《己亥杂诗》。

2018年5月29日起，我在贤普堂开始召集诗词学习，如果不是净明居士在6月5日以零基础参与创作，第一次写了一首绝句，我是没有信心去教诗词写作的，最多和大家一起读读古代禅诗。

因缘和合，在贤普堂，到2018年年底之前就召集了44次诗词方面的活动，成人班30次课，少年班14次课。

大家创作颇丰，顺理成章，年末我们编印了诗集《月明一片露华凝——贤普堂戊戌诗词曲联小辑》。"月明一片露华凝"这个书名是与叶嘉莹先生商定的（用了一句她的词，老人家欢喜接受），画家范治斌先生题签。

这本作品集基本上是2018年的创作，极少数涉及到之前的作品。当时想:"戊戌"之后,莫非我们再编一辑"己亥杂诗"? 诗取广义,包括词曲联。

2019年,我一边整理这本《诗词格律浅浅说》,一边编辑《己亥杂诗》。1839年龚自珍写了315首"己亥杂诗",180年之后,我们这群人会写多少呢?

除了"戊戌补遗"部分,大概会有几十个个人专辑,以及"乐禅居诗词禅修营"专辑,也有不少散落的诗词稿以体例汇总。

因为不想以后太多"补遗",这次大概会截稿至庚子年到来之际。春光中,期待《己亥杂诗》!

之后,计划再编印庚子诗集。

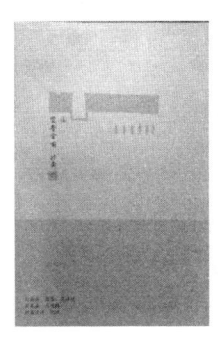

三、在乐禅居教诗词

现在想想,我最初教诗词其实不是在贤普堂,而是在乐禅居。

乐禅居,在乐山,禅客APP的线下生活馆。

2018年3月初,我一个人去四川峨眉山朝圣,顺路来到乐山的乐禅居,义务讲了6次课。有涉及创作,全程只有两个学生——耀彻法师和耀众法师(其他人顺路飘过)。感觉师父们好努力地配合我,而我竟然一下子强迫耀彻师父写了《七律》。

以下是耀众师父以零基础填写的《鹧鸪天·乐禅》:

不再期希似梦来,攀缘毕竟莫实哉。汝心寻善究真去,吾念徘徊实不该。　　无对立,有尘埃。埃尘镜里是张乖。缘来缘去缘生灭,开悟当前现本怀。

5月底,我开始在贤普堂指导写作诗词。

7月初,我第二次去乐禅居教诗词,讲了10次课。教了四个十二三岁的男孩和两位师父(还是耀彻师父和耀众师父）。欢声笑语中写诗填词。

比如 12 岁汤玺豪同学即兴写的七绝：

大渡河前大度堂，嘉州绿地百花香。
禅堂笑闹无休止，闪耀禅师智慧光。

2019 年 1 月，我第三次去乐禅居教诗词，讲了 12 次课。参与者，有法师（耀彻师父、耀了师父，还有峨眉山的真如师父），有若干成年人，还有两个小美女。大家那几天总共创作符合格律要求的诗词联 99 篇。

其中，12 岁的锦乐同学己亥年端午节前后来贤普堂，给大家送彩缕编的小礼物，并且写诗填词。

五绝·端午

端午年年好，家家粽子香。
诚心编彩缕，千里祝安康。

耀了师父是来贤普堂的时候学的诗词格律，在乐禅居也有不少创作。

2019 年 8 月，我第四次到乐禅居，讲了 12 次（每次两个小时）诗词课，其中诗词欣赏课（6 次）串讲《给孩子的古诗词》218 首（葉嘉莹先生主编），诗词创作课（6 次）分别指导大家创作五绝两首（不同格式）、七绝两首（不同格式），填词两阕（《忆江南》和《长相思》）。总共21人参与创作，12天内创作诗词129首。

其中汤玺豪和锦乐都是第二次参加，汤同学进步很大。还有贤普堂的诗词沙龙成员也去了好几位。

长相思·离别愁（汤玺豪）

山濛濛，雨濛濛，行步江边听晚风。离别愁苦浓。

云一更，雨一更，各向东西志不同。有缘再度逢。

9岁的张蕴曦从北京去，他随爸爸来过贤普堂，学诗却是在乐禅居。那天去了嘉州绿心公园，回来他写的七绝：

早上微风拂面来，绿心随处有花开。
正和飞鸟同时跑，美景诗情入我怀。

他写的《长相思·别嘉州》：

跑一程，飞一程。来去匆匆风雨行。禅修父子兵。
山也晴，水也晴。到了嘉州大佛迎。可能是永恒。

四、教孩子们写诗填词

因为 2018 年 6 月开始,净明居士在贤普堂学习写诗,进步极大;因为 7 月初,我到四川乐山的乐禅居教了四个孩子写诗词;因为 8 月份耀永师兄的公子佳杰同学的出现,一来到贤普堂就可以按照格律要求写诗……

所以我觉得,写格律诗并不难,也不难教会别人写格律诗。

于是,2018 年 9 月 8 日(白露)至 12 月 22 日(冬至),每周六下午,我就给孩子们讲诗词,用叶嘉莹先生编的《给孩子的古诗词》一书当教材,我自己增加了创作的内容,七八个孩子都写了很不错的诗词作品。期间李伟老师、刘忠孝老师都帮忙指导过。

李伟老师在 2018 年 9 月 22 日给孩子们讲过一堂课。现场抓韵,以孩子们最熟悉的"妈"字为韵,孩子们一人一句,当场就作出了一首小令:

妈,我想明天去看花。山坡上,新枝吐嫩芽。

年末我们编印了诗集。（前面说过）

2019年，贤普堂周二诗词沙龙仍旧坚持活动，主要针对大人，孩子们只有在不上学的日子才能出现。

孩子们不时会有诗词作品呈现，会让人眼前一亮，希望这成为他们一种自然的表达方式，也希望他们在诗词的滋养下健康成长、智慧日增。

在乐禅居学诗的也有不少孩子，作品另见。

以下摘录几首在贤普堂学诗的孩子们的诗词作品，顺便标注了他们学诗时的年龄。

一、佳杰（12岁）

六言诗

早起穿梭大楼，护城河里鱼游。
越过苍松远眺，故宫似挂枝头。

忆江南·开学

开学妙，暑假已如烟。一缕秋风随乐去，千书万卷只如闲。来日立山巅。

二、天祐（9岁）

四言诗

三秋叶落，五谷归仓。
南飞大雁，夜凉如霜。

五绝·路遇一队军人经过

伙伴园中走,忽闻踏步声。
桃花香十里,正义捍忠诚。

三、贝贝(12岁)

薛洋

春秋十二恩仇重,怨尽城空守义庄。
难解心中深执念,残魂不复半生狂。

注:薛洋是小说《魔道祖师》义城篇中重要角色之一。

四、京京(12岁)

七绝·东湖景

绿水天鹅抖净毛,青山旭日到云霄。
黄莺喜鹊枝头唱,翠柳夕阳水上摇。

五、美美(范千尧,13岁)

西江月·风华正茂

空语寥寥略过,芳华远远悠长。将来何苦预思量,莫待韶光休恙。

正度青葱年少,昙花豆蔻留香。寒风却道海棠霜,几度月明星亮。

六、帅帅（范千禹，13岁）

十六字令

灯，淡淡平平一老僧。湖中水。月色已如冰。

七、婷艺（10岁）

七绝·春

绿叶沙沙展柳花，蝴蝶自在落桑麻。
天边已有斜阳落，好景留连忘到家。

八、誉霖（10岁）

七绝·送春

春来美景遍山涯，百草初生露嫩芽。
大地无边青绿色，举头远眺暮云霞。

九、甜甜（李奕嘉，13岁）

忆江南

深夜静，独步小庭东。白雪皑皑银月下，梅花屹立冷风中。心上一枝红。

2. 净明妈妈（悟玲居士）

她是净明的妈妈，我们也随着美美帅帅称"姥姥"。来贤普堂一次学会（李伟师兄教会的），之后创作颇丰，参加诗词沙龙，按时完成作业。

结婚四十八年感言

风雨同舟已夕阳，青丝暗退白丝霜。
年逾七十休言老，伉俪欢谈映月光。

3. 天祐妈妈（范馨文）

她 2018 年带儿子天祐来贤普堂学诗，为了给儿子做表率，深陷其中，越写越好。

七律·忆楼兰

楼兰迹远越千年，残壁缺垣谁戍边？
昔日佳人均擅舞，今宵美酒可成眠。
秋风急卷狼烟起，山月遥观驿火传。
旧事繁华随梦去，悲歌一曲叹尘缘。

4. 贝京妈妈（靳纳）

我妹妹，与其说三十多年没有把她教会，不如说用了三十多年没有说动她去学。她去年开始写，简单的体式，写得还不错。她的双胞胎女儿小名叫贝贝、京京，我们称她贝京妈。

同学小聚

柳绿花飞一饭香,拈茶笑品旧时光。

经心漫步当今事,他日相逢意味长。

5. 梓萱妈妈(留明)

她带女儿梓萱来贤普堂学诗,女儿没兴趣,不学了,妈妈留下来学,进步非常快。各种体式已经基本掌握,写得也不错。

满庭芳·贤普堂学诗有感

贤普堂前,乐禅居里,本该同道相随。有缘即聚,何必笑人痴。参得禅茶一味,虚空尽、自在吾师。君当见,寒来暑往,又是远行时。　　天资,分伯仲,难离故土,独赏芳枝。但发无穷愿,卿等皆知。闻道不分左右,心有属、意可飞驰。方闲处,文思泉涌,一蹴已成诗。

6. 婷艺妈妈(匡顺柳)

我早年教过的学生。她带女儿婷艺来学习,婷艺写得不错,婷艺妈妈友情客串,写了几首。可惜没有坚持,看以后的缘分了。

忆江南·童年

童年好,回想旧时期。伙伴同行欢乐语,交流趣事总相宜。白首不分离。

7. 美美妈妈（明廓居士）

此美美非彼美美。认识明廓居士近十年，我一直视她为天才。没想到她会学诗，深信她会写得极好。

蝶恋花·咏梅赠闺蜜

谁剪瑶琼成妙宝，寒岭横斜，香暗烟云裹。雪落空山深古庙，钟鱼声冷青灯照。　俗眼难寻尘世道，俗病难除，俗界因缘扰。扰扰客途添热恼，梅妻作伴疏狂悄。

8. 田荷妈妈（田桢）

田荷还小，被妈妈带来受熏陶。希望这个插花的美女有一天以诗词为这个世界呈现美好。拭目以待。

茶

半卷闲书时未卷，芳华自在绽清欢。

平心静气生如意，檐下花开见牡丹。

9. 演如妈妈（慧梵居士）

一切都刚刚好，慧梵居士来北京看女儿，想学诗，我又刚好认识她的女儿（演如居士），于是，演如就把妈妈带来了贤普堂。

十六字令

诗，旧韵窗前琅琅词。心滋味，愿与古人知。

10. 誉霖妈妈（佛源居士）

是慧梵居士带来的。母子一起学诗，孩子非常有灵气，希望妈妈能够坚持写下去。

五绝

丽日春山落，长河映月歌。
纤纤风弄影，绿柳荡清波。

11. 浩竣妈妈（谷晓东）

晓东同学一开始也是一直给净明当陪读，后来自己终于尝试着去写，如今也成了创作的主力。

捣练子·夜

禅乐起，幔微扬。断续清风断续香。美酒一杯人不醉，碧莲初放月为裳。

12. 佳和妈妈（赵梅）

我们称她"香积菩萨"，擅长烹饪。她的儿子佳和刚上小学一年级，是个"素宝宝"。她带儿子来贤普堂学习，帮忙，顺便学了写格律诗。这首处女作很接地气：

贤普堂吃火锅

今天吃火锅，胖胖乐呵呵。

灿烂晶晶笑，唐唐洗宿疴。

13. 甜甜妈妈（聂春芳）

她第一次的作品她女儿都不相信是她写的。

七绝·开工

己亥开工畅未来，新年随处笑颜开。

前途莫问但行事，自有春花遍地栽。

14. 甜甜爸爸（李春惠）

他第一次来贤普堂，赶上大家填写《蝶恋花》词牌，在大家帮助下写了半阕。

月下琼花开正好，飘渺浮云，独自林荫道。何处幽香还袅袅，当时一捧青青草。

15. 佳杰爸爸（耀永居士）

耀永居士称得上是一位"大菩萨"，贤普堂多亏耀永居士的护持。他带孩子佳杰来贤普堂有二十次了，儿子学诗，而且表现非常优秀，他自己也勉强写了几首，但看上去还远远没有培养出兴趣。

暮春平谷赏桃花

花瓣随风飘满地，含苞伴日舞枝头。

高低各处因缘异，蓦见蟠桃已是秋。

16. 贝京爸爸（符凯）

我妹夫。他跟贝贝京京差不多，认为诗词格律简单至极，中国人都会，但是很难找到适合表达的内容，或者说，即使有的写，往往也是质木无文，缺乏诗意。

中美贸易战风云再起

风云变幻起波澜，贸易协商墨未干。

莫怕浮尘遮望眼，阴霾散尽是晴天。

17. 蕴曦爸爸（张广为）

广为师兄经常来贤普堂，学诗是在乐禅居。他本来想给儿子做榜样，结果却没有儿子写得好。

他在乐禅居创作的《忆江南·初秋》：

初秋好，水果满园欢。酷暑炎炎度夏日，绵绵细雨晚晴天。难忘乐山团。

六、教师父们写诗

写诗这事,不能勉强。除了格律诗词,这世界还有缤纷万相,还有无尽的美好。

贤普堂有时候会有师父的身影出现。中国传统文化是大家的共同爱好,尤其是喜欢古代禅诗的师父们,也希望自己学会写诗填词。

这些教诗随笔互相交错着,无法按照时间顺序整理。

我大概直接教过九位师父写诗,另外还有一位远程指导的。

2018年3月,第一次去四川乐山的乐禅居(禅客生活馆),义务讲了6次课,所有听众里只有耀彻法师和耀众法师配合我,写了一首七律和一阕《鹧鸪天》(前面提到过,已收入《月明一片露华凝》)。按理说,由浅入深,师父们应该还有其它创作,可是为什么只有这么两篇作品呢?

2018年4月,古印师父来贤普堂主持装修事宜,住了差不多一个月。师父说想要学写诗,我就很用心地教。10月,古印师父再次来贤普堂小住几天,继续学写诗。古印师父写的绝句诗虽然有几首改后刊出,但是师父其实更喜欢音乐,喜欢书法,以下是我们分享《十牛图颂》时,师父写的一首和诗。

和《十牛图颂》(一)
频频上座细思寻,意马心猿藏更深。
屡次三番无处觅,不劳当处晚蝉吟。

2018年7月,我再次到乐禅居讲课,除了教孩子们写诗词,耀彻法师也很是配合。我感觉不是我教诗词,而是师父承担着被我教。

五绝
三四童蒙子,喧嚣响彻天。
不知明日后,何处得清闲。

2018年12月,耀了师父来贤普堂,我强行教了师父填词。

蝶恋花·斜阳醉
隔岸彩金犹故岁。绮梦惊回,羁旅天涯累。曾在蜃楼乡里睡。归来又把斜阳醉。　　雾尽有时残色褪。策马西行,槛外长风会。世事转头无数味,前尘都付千行泪。

2019年1月,第三次到乐禅居讲课,第三次写诗的耀彻师父继续写,继续提高;第二次写诗的耀了师父表达更加顺畅,诗意盎然;初学者里峨眉山的真如师父学得很快,而且后来还自觉写过一些。

五律·归家(耀彻师父)

客宿嘉州府,驱车夏口城。
风来疏竹舞,雁过碧潭清。
暖日超云翳,寒江入雾松。
故乡何处是?家舍即途中。

七绝(耀了师父)

落花流水浮云去,行客影单去住无。
紫陌红尘留不住,扁舟一叶向江湖。

忆江南·忆峨眉(真如师父)

峨眉好,山景绿巍巍。日出云层深似海,钟声鼓震愿人归。怎不忆峨眉?

2019年2月,圆空师父来贤普堂,为学诗而来,以零基础开始创作,参加我们的贤普堂诗词沙龙,每周二交诗词作业，师父一直认真地完成，而且经常超额完成。

师父的第一首七绝：

学诗
贤普堂中学作诗，思来觅去却无辞。
清风巧送迦陵韵，便是灵山自有知。

2019年4月，耀成法师来贤普堂指导禅文化学习，顺便学习写诗，并且多次表示自己专心坚持下去。师父的一首七绝反复多次修改，态度非常认真。希望师父以后经常玩玩儿写诗填词这个游戏。

己亥暮春见平谷桃花问道
柳絮桃花春似尽，京城茶味几回留。
灵云悟道由人问，择乳鹅王本不愁。

算下来，演心师父是第八位来贤普堂学会写诗的师父。

2019年10月初，演心师父来贤普堂，她在八年前多次听我在赵州茶馆讲历代禅诗，喜欢，但是没有学习过创作。这回，我让她按照五绝格式甲的格式写一首，指导下，完成了一首。

重逢

今到花园巷,来寻故友情。
阳光初照我,欢喜赋新声。

耀慧师父是第九位在贤普堂学诗的法师,是最认真的学习者,半个月写了39首诗词。他一开始尝试着写的五绝:

小寒逢雪

身是南方客,游僧北国行。
小寒逢大雪,转眼又天晴。

我说耀慧师父是关门弟子,谁知,药山寺的圣弘师父说自己的法名也是耀慧,于是远程又收了一位学诗的徒弟。圣弘师父是95后,大学毕业后即出家,他爱好古典文学,表示以后有机会一定会来贤普堂的。2020年雨水节气那天恰逢他的农历生日,他写的五绝:

雨水

一宿春风雨,依稀暖代寒。
儿行千里外,慈母念衣单。

七、随缘教诗词

我不认为写作格律诗词（仅就格式而言）有任何技术含量。写好确实不容易，但是如果只要掌握最基础的"游戏规则"，分分钟即可。关键是自己是否真的想使用这种表达方式。

我 15 岁（1987 年）自学诗词格律，这些年隔三差五写一些。实在不记得教会过任何人也去使用这种形式。不是有意不教，而是大家都不屑于学。

我在十几岁的时候按照普通话整理了十四韵部方案，只是想要为学习平水韵（佩文韵府）有难度或者有情绪的诗词爱好者提供一个善巧方便。本人不仅坚守入声字，而且一再强调如果使用普通话押韵（所谓"新声新韵"）建议标注清楚，不可混淆。

二十几岁的时候，我先后写过两本"速成法"一类的小册子，教人写诗词。然而，在现实中，我连自己的亲妹妹都没有教会写诗词。

这么多年，我亲自教会写诗的屈指可数。甚至随缘教了，人家都不肯承认，因为没有系统的教学规划。

2014年年初因为去躬耕书院义务讲课的机缘，很努力地教过宿悦师兄（明月居士）好几天，他没心思学，我也就放弃了，后来请他把我编选的64首例诗写成楷书字帖。术业有专攻，爱好亦不同。不过，他说等着这本书出版之后要自学。

2015年，经人介绍李伟先生来找我学习中国古典诗词，我拖到2016年秋天才教，没想到他很快就学会了，并且之后还教会了好几位。

随缘教了这一个学生后，我也没有当回事。直到2018年在乐禅居，在贤普堂，才算有意安排教格律诗词的写法。

除此之外，还有几处随缘。

1988年，我们高中几个同学创办了星园文学社，30年之后，大家开玩笑要再办诗社。于是2018年10月14日（周日）在同学家聚会丁香树下，我就指导南同学和俞同学写了四首七绝（收入戊戌补遗），还一起哄式和韵填了《渔家傲》词（已编入《月明一片露华凝》）。2019年3月31日，丁香树下再聚，写诗的还是只有南同学和俞同学，完成四首七绝。不知道以后收成如何。

其中，南同学的七绝写道：

小聚
曾怜岁月催人老，执手无非月与云。

春暖景和蒙眷顾，平生有幸得逢君。

2019年3月，一位长辈亲戚组建了"幸福亲友课堂"，有十几个人，跟我学诗，我用微信远程遥控。这两三个月他们已经完成了五绝、七绝的八种标准格式，秋季开始填词，年底写对联。希望他们越写越好。这里随便选录几首。

古稀学诗（符谨仁）

噩噩浑浑到古稀，轻狂跨越少年时。
学诗莫道开端晚，画样依模总不迟。

游青山公园（郑莲青）

四季花开果树林，梅樱桃桔紧相亲。
游人摄影轻盈舞，手捧绢花做抖音。

下棋（符璇）

清风逢弈友，黑白蕴乾坤。
战毕尤难罢，呼君再一轮。

夜投文赤壁（陈绍斌）

夜宿东坡故垒西，梧桐玉兔影亭依，
蛩鸣静夜寒生露，默数星河绕月低。

登黄鹤楼（张朝阳）

登临第一楼，放眼望神州。
黄鹤无踪影，长江日夜流。

游武汉归元禅寺（项国忠）

帝敕归元度众生，佛堂香烛信虔诚。
磬钟敲罢自离去，莫扰楼台暮鼓声。

回故乡（符谨礼）

花黄三月菜，故土百花开。
老叟回乡里，春风扑面来。

游三国古战场（符建）

千山尽墨雨敲篷，欲隐孤舟楚塞空。
夜借猇亭十万箭，周郎底事谢东风？

鹊桥仙·七夕（张青峰）

一年一渡，双星双宿，惊羡目成仙侣。恒河可待许情长，聚别了、轮回几数？　声声机杼，迢迢云路，叹缱绻朝与暮。人间天上却无殊，雨蔼尽、圆明同驻。

国庆长假第一天（寅寅，10岁）

国庆阳光好，全家逛乐园。

桂花香似蜜，共赏众花缘。

还有，我在明德书院教亲子班《给孩子的古诗词》，顺带指导创作。其中 11 岁的子熙同学写的：

五绝 · 对弈
我爱下围棋，赢输不可期。
将军帷帐里，制敌有玄机。

八、学诗"接力"

不敢说"传承",我们只是互帮互学。

记不清自己教了多少爱好者写诗填词的游戏规则,所以也不知道这些学生又教了多少学生。有的是由先学会的引入门来,我们再一起学;有的是见面之后我没有教会,会的又陆续辅导不会的;还有的是在自己的生活、工作领域有意或随缘教别人。

教自己身边出现的家人朋友写诗是净明居士的强项,我们开玩笑说,她发展的"下线"最多。即使是来贤普堂学诗的,也有不少是她引荐来的。

而用心教自己的学生填词则是"格格"(冷春杰)的主动承担。她在某培训机构教大语文,额外教小学高年级的孩子们填词。我不知道这些孩子我是否将来有缘见到,他们称我是"老师的老师",并且自称"学生的学生"。如今,她的学生们也有不少诗词作品。

老师作品：

十六字令·夏

霞。夏日荷花水上蛙。黄昏下，牵手共归家。

学生课堂作品（也是《十六字令》）：

深秋秀菊

游。漫雾清风明月悠。秋风瑟，朵朵菊花羞。

作者：卢佳仪（六年级）2019.5.11

咏春

芳。月季迎春伴蝶香。玫瑰艳，朵朵杏花藏。

作者：李欣怡（六年级）2019.5.11

老师作品：

梧桐影·别离

红藕花，风中醉。今夜小舟昔日情，菩提树下生生世。

学生课堂作品：

梧桐影

今若归，明将近。花落有情能再开。应由我去寻谁问。

作者：刘子翾（六年级）2019.5.18

梧桐影

春鸟鸣,桃花俏。今夜月光明似灯。池中尾尾青鱼跳。

作者:卢佳仪(六年级)2019.5.18

老师作品:

闲中好

闲中好,独坐品青茶。一缕浓香去,西边看落霞。

学生课堂作品:

闲中好

闲中好,一觉至莺啼。不理凡尘事,亭边红日移。

作者:彭千羽(六年级)2019.6.1

闲中好

闲中好,不想世间烦。独坐无人巷,窗边心静难。

作者:李欣怡(六年级)2019.6.1

老师作品:

南歌子

一首阳关曲,谁来小院听。花柳且含情,不知君正苦,望长亭。

学生作品：

南歌子

雨尽天空旷，山间再放晴，浓雾且随行。岸边飞柳絮，戏蜻蜓。

作者：卢佳仪（六年级）2019.6.1

南歌子

秋日田家夜，农夫把稻收。天静晚风休。月明山更亮，水中舟。

作者：刘子翾（六年级）2019.6.1

我2016年教的第一个学诗的李伟师兄也来贤普堂，教新学者，教孩子们，在家教自己的姐姐李学芳和李学凤。

七绝·五台山石上山居（李伟）

苦海沉浮幻此身，彼时空谷看红尘。
才知孤独原为客，指月忘言又一人。

七绝·猬实花开（李学芳）

都言立夏芳菲尽，绿树阴浓日渐长。
猬实枝头花正艳，蜂飞蝶舞心飞扬。

闲居（李学凤）

何言可释怀，花绽放阳台。
抱得肥猫伴，欣欣此意来。

贤普堂的"护法大哥"（邻居）2018年给净明居士做"陪读"，旁听三个月之后开始写诗填词，每次认真完成课业，之后也随缘教其他的新学者。

诉衷情·端午

龙舟五月闹江期，不入太虚池。百花含笑争艳，江上月，醉相随。

听古韵，赏今诗，夜长宜。心无烟雨，梦绕灵山，屈子应知。

韩晶也是去年学的，今年承担了诗词沙龙很多日常召集工作，还对学诗讲义做了细致的整理。当然，她也教了不少新学者。

人月圆·中秋

抬头望月团圆日，世事看寻常。半壶清酒，诗书一卷，两鬓风霜。

年华若水，红尘半世，何意难忘。浮生一梦，悠悠往事，尽是清凉。

天祐妈为了给儿子做表率学诗，越写越好。关键是还举重如轻，我妹说我三十多年也没把她交会，天祐妈三言五语，她就豁然开朗。

明廊介绍了在埃塞俄比亚工作的"青杉"远程学习，这位零基础的内蒙古美女出手不凡。

念奴娇·咏雪

川名敕勒，万里平野阔，牧歌声咽。大地穹庐银笼盖，堕指裂肤寒彻。云叆千峰，风驰百嶂，碾破阴山缺。少年豪气，冷沉沉腹肠热。　　举首琼屑参差，风烟漫裹，琉璃神仙阙。忆昔围炉酾酒卧，拼却韶颜沉郁。天地洪炉，人生逆旅，且醉焉支雪。故园遥望，庾郎诗赋愁绝。

"无心"（刘忠孝）不是我教的，他写诗二十多年了，是这个领域的高手，来贤普堂做场内外的指导。

满庭芳·己亥夏日逢慧师芳辰

甚处闲成，谁家静好，攸然东巷花园。出帘茗气，香接白云颠。几个无忧梵子，风微处，日日年年。寻常事，往来词笔，一页一清欢。　　轻翻，光影册，浮华梦转，都在人间。算霜点云鬟，歌拍青山。些树些花怎得，清凉地，第几重关。今朝自，佳辰佳景，共与慧心宽。
2019.07.02

　　法不孤起，仗境方生。愿更多有缘人乘诗词之船，一同渡到彼岸。

九、可以复制的学习模式

接触诗词，可以读，也可以写。有人认为要写的话，得学格律；只是读，不用。当然，有人主张随便写，不在话语范围内。

个人认为，即使只是喜欢读，基本格式还是要知道的，从中获得更大感发的力量。

要写，必须自己尝试码字才可以，不能只是看，甚至背知识和格式。有条件的话，师生必须面对面、一对一。对初学者，有时候有几个同学互动，互帮互学。有时候需要静下心独立写作。

经常听到有人说，要学诗词。

是真的要学吗？

如果真的要学，我教不了深的，我可以教个简单的基本格式。以后，我的学生可以教，我的学生的学生可以教。

再问一句：您真的打算学吗？

以下分享一下贤普堂诗词沙龙的部分学习实践。

第一步，我先编一本浅显的学习教材。可以作为照猫画虎的参考，也可以用于独立自学。

如果有一段时间上系统课，第一次课，介绍基础知识和整体框架。必须要说的一个关键词——入声字。把入声字按照普通话读音来使用，初学者可以在入门阶段暂时熟悉格律，但是跟经典作品，尤其是古人经典作品会有很大距离，自己会越来越别扭，迟早要掌握的。入声字不是一下子就能掌握的，在写作过程中指导者一定要随时提醒，学习者会越来越熟悉，拿不准的要随时查，自己查，印象深。当然，还有不少读音特殊的情况，也要随学随知。

接下来，八次课，熟悉五绝和七绝的各四种格式，写作每个格式的时候可以拟个比较贴近生活的题目，大家都写这个格式，都写这个题目。比如写季节（春夏秋冬），写时节（清明、端午、中秋等等），写人事（赠某人、遇某事等）。格式不能任选，指定哪个写哪个。

五律和七律，一般认为有难度，可以浅尝辄止，试着比划一下，也可以放在填词之后尝试。

填词一般以《白香词谱》为规范（这本书比较便于统一使用），至少安排八至十次共同写作的课程，填单阕小令、填双调（中长调），押平声韵、仄声韵（特别是入声韵）、平仄转韵，也可以试试和韵。再有就是，必须适当练习对仗。

熟悉格式的同时，注意熟悉入声字。多读多写，逐渐找到写诗的感觉，把这种形式作为一种内心感受和感悟的表达需要，再学习炼字炼句，让自己表达得更好。能感之，能写之。

是否写曲，待定。对联可以独立为一种体式，根据学习者的需要适当安排。其它体裁（如四言诗、六言诗，没有集体创作的词牌）也可以尝试。

为了辅助大家熟悉格式，同时开阔思路，体会诗词的表达方式，可以按照标准格式在古人经典作品中寻找相应的范例。五绝四种，七绝四种，五律四种，七律四种，16种标准格式，每种选四首范例，64首诗。针对这些例诗，要注意说明入声字、读音异于普通话的字，可平可仄位置、一些常用变格等。学习教材也可以把这些范例的诗词请书法家一一抄写，对书法有兴趣的同学可以当作字帖练字。既学诗，又学字。

对于所选范例，一种是中小学课本中选用的必读或选读篇目，没有合适的，再加上一些脍炙人口的名篇，这比较适合中小学学生及部分家长学习。还可以以一些符合格式的禅诗做范例，适合启发成年人的人生智慧，用诗词滋养心灵。

掌握基本格式之后，可以开提高班，办专题讲座，做读书指导，跟着大家（至少是长者）的音频学吟诵等。

所有学习不建议远程大范围讲授，除非仅限于入门引导。即使实在无法面对面，也要保证互动，随时指导。

诗词的传承是需要发心的，无关功利，有持守，有坚持，有担当。

遗音沧海如能会，便是千秋共此时。（叶嘉莹先生词句）

十、关于吟诵

吟诵与诗词的欣赏和创作是密不可分的。葉嘉莹先生在教诗时非常重视吟诵的推广和普及。会吟诵，掌握了格律诗的基本节奏，自然会写诗。有一种说法：熟读唐诗三百首，不会作诗也会吟。而且，诗歌的生命在很大程度上是通过声音来体现的。

我个人是很喜欢和重视吟诵的。我每次给学生们上课都让他们听听吟诵的录音，但现在的学生还不能一下理解吟诵对古诗的妙用。相对于吟诵，他们更习惯读诵（或者朗诵）和歌唱。

应该说明的是吟诵不同于朗诵，也不同于唱歌。朗诵的节奏不是平仄的节奏。唱歌是要有一个统一的调式，每个人按照谱子都这样去唱。而吟诵不是，同一首诗，不仅每个人的腔调不同，即使同一个人在不同的思想感情下也有不同的表现，可以深入理解古诗中的微妙节奏与情感的变化。再有，按照曲谱唱歌，经常会变音变调，比如"九一八"听起来会像"揪一把"，有时候甚至有失严肃。但，吟诵不会变调。

要想学吟诵，我是主张多听名家或沿袭传统吟诵的长者们的吟诵，以得其法为己所用。

培养学生对诗词格律的兴趣，与吟诵方法的掌握。孰先孰后本无定式，可以视其根基而定。但吟诵是学习中国古典诗词必须要掌握的。

2016年，有位喜爱诗词的李伟师兄跟我系统地学习中国古典诗词。从平仄基础开始学习，欣赏名作，然后再写诗。有根基后，我又带他去天津南开大学拜叶嘉莹先生为师，每周听课，深入学习。叶嘉莹先生希望他结合禅修与诗词合参的方法学习中国古典诗词。并强调吟诵对理解中国古典词意的重要性，一定要同修并重。

此后，他从《诗经》入手，结合禅的顿悟解诗，颇有心得。难得的是，我觉得他吟诵的感觉很好。虽然他传习了叶嘉莹先生的吟诵方法，但我还是给他许多老先生们传统吟诵录音资料学习借鉴。我还引他向周笃文等多位老先生当面请教，希望传统吟诵能够传承下去。

外甥女贝贝京京对平仄格律没有障碍，我尝试教她们吟诵的方法，拭目以待。

这本小书，没有专门指导吟诵，但是特别提出吟诵的重要，那不是表演，无需展示，那是学习中国古典诗词的心法，必须传承。

缘起（代后记）

总是首先想到那四个字：说来话长。

我是1987年暑假开始自学格律诗词的，那年刚满15岁。1988年我加入了北京诗词学会，1989年3月初，周岁是16岁，我被增补为诗词学会的首届理事，原因是我在周年大会上主动到台上发言，为熟悉普通话的年轻人提出了汉语拼音十四韵部方案。

当时我在朝阳中学（之前是女四中，之后是陈经纶中学）读高中，与同学一起创办了星园文学社，编油印刊物，写诗填词。

后来，我在海关学校发起创办了海之声文学社。1994年创办了北京青年诗社。那么多年，与诗词不离不弃，但我并没有教会谁写诗。我其实只想教我妹妹，己所欲施于人，她不学，我也没有打过别人的主意。

二十几岁的时候写过两本"诗词速成法"一类的小册子，用香港的国际书号自费印的。也不知道有没有人因此学会了写诗填词。

2004年，我考取了北京师范大学中国古代文学唐宋方向的博士研究生（国家计划内），师从赵仁珪先生。2007年博士毕业之后，到南开大学入站做叶嘉莹先生的博士后。在学校这五年，虽然经常涉及诗词创作，但没有想过要去教谁。会的，比我写得好；不会的，人家也没有兴趣学。

2009年，我在博士后出站之前皈依、受戒，做居士这十年，做过各种义工和半义工，包括讲课，包括讲诗词，但是去年（2018年）之前是没有想过要专门教几个学生写作诗词的。2016年偶然教了一位李伟师兄，后来他又教会了他的姐姐和在贤普堂遇到的老人和孩子。

2018年，我在乐禅居教诗词、在贤普堂教诗词，以及其它随时随地随缘教，都写在正文那几则随笔里了。包括把教诗的成果印出来，于是有了《月明一片露华凝——贤普堂戊戌诗词曲联小辑》和《己亥杂诗》。

创作基本上与学术无关，教授们往往不肯涉足，即使个人爱好一般也会与课业远离。而对于我义务教诗词这件事，实在是得到我的导师叶先生的许多鼓励，她在给我的email先后曾经这样写道：

你的成绩比我好多了。

收到你传来的'序言'和各种资料图片，非常欣赏和感动。我已经是95高龄，老迈龙钟。看到你所培育出来的文慧兼修之善果，极为欣喜。

戊戌除夕，我带着三位在贤普堂学诗的学生去叶先生家里拜年。先生给了他（她）们很大鼓励，也激发了他（她）们致力于传承的信心。

陆续，我的学生们又教会了好多学生，也包括他们的家人写诗填词。相信会有越来越多人参与诗词的写作。

我这本《诗词格律浅浅说》，是给这些零基础的初学者的讲义，在自己的微信公众号连载，后来中国书籍出版社的副总编辑赵安民先生看到，说应该出书。其实，这些文字实在浅之又浅，简单说说基本规则，分享一些教诗、学诗的经历，只希望把一些喜欢诗词并且有心自己尝试创作的初学者引入门来。其中或许也有差错或者说不到位的地方。

感恩书法家宿悦先生专门手书我选择的64首标准格式的律绝范例，这些精美的楷书也可以作为书法爱好者的字帖。

感恩我的导师叶嘉莹先生题辞、导师赵仁珪先生作序，感恩一切因缘。

慧心

己亥年四月初八